[Illustration] π猫R

あなたのお城の小人さん

～御飯下さい、働きますっ～

3

美袋和仁
Kazuhito Minagi

Character

チィヒーロ・ラ・ジョルジェ

元日本人の女の子。
小さい体で一生懸命生きている！
美味しい食べ物を求めて、
お城の中、時には外でも爆走中！

ドラゴ・ラ・ジョルジェ

料理の腕で男爵位を賜った宮廷料理人。
チヒロの養父となる。過保護すぎて、
チヒロを眼に入れて持ち歩きたいほど
可愛がっている。

アドリス

料理人。衰弱死寸前のチヒロを
見つけ餌付けに成功。
ドラゴと同じくチヒロを溺愛中。

クイーン・メルダ

森の主。蜜蜂の魔物。
チヒロのためなら、
国王にも説教をかます剛の者。

ロメール・フォン・リグレット

王弟殿下。小人さんに振り回され、
フォローとサポートに粉骨砕身。それに国王の
愚痴まで加わり、将来絶対に禿げそうな人。

日渡《ひわたり》 桜《さくら》

キルファン帝国の皇女。わけあって監獄郭で働いていたところ、チヒロにレンタル《身請け》されチヒロの侍女になる。

克己《かつみ》

神々により異世界転移させられた元日本人。最初この世界の理を誤解しており、チヒロからしっかりお灸をすえられた。

ザック

チヒロに孤児院を救われ、多大な恩を感じている。
小人さん印の御菓子出張販売の責任者。

STORY

異世界で王族の姫君に転生したチヒロ。
金の光彩を有する金色の王にして、
魔物と意思を交わす事ができるチヒロは、
女王蜂メルダの願いを受け、
隣国の森を救うため旅立つことに。

そこで知る。世界を繋ぐ
金色の王の本当の力。

森を放棄して逃げることだってできるのに、
魔物たちは人を見捨てることができなかった。
荒らされるのを耐えに耐えて、
それでも何とか森を、人を守ろうと……。

なんて優しい生き物たち──

これを守れるなら、
優しい彼らの一助になれるのなら、
この世界の森を繋ぎまくってやろうじゃないの！
そう決意したチヒロは、ロメールらとともに
キルファン帝国に向かうが…!?

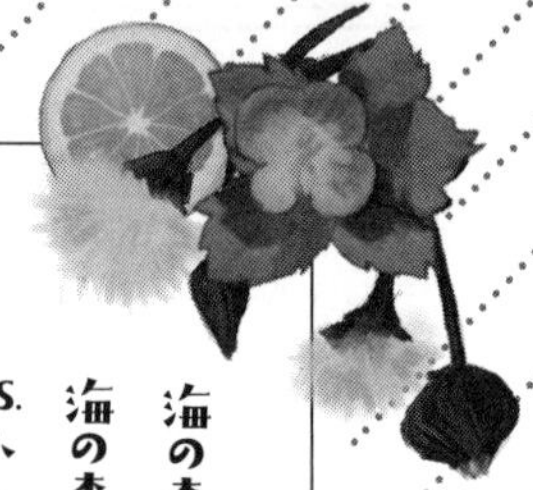

もくじ

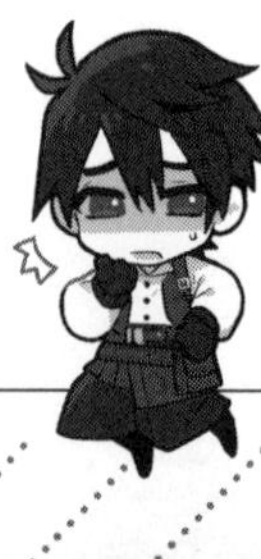

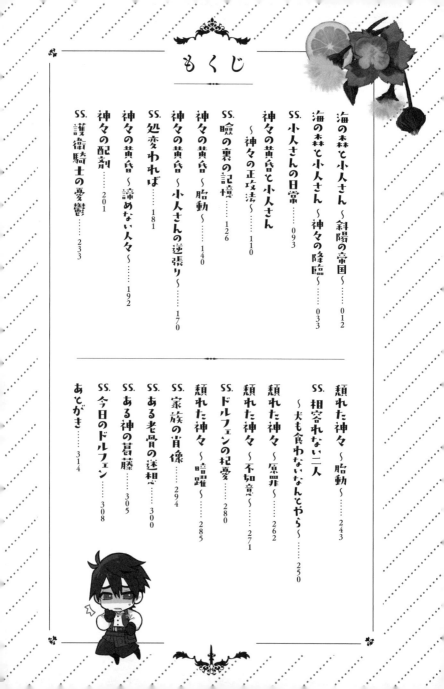

帝国編

～海の森～

海の森と小人さん ～斜陽の帝国～

「寝ちゃったかぁ～、ごめんね」

ふにゃあ～と大きく欠伸《あくび》をし、あぐらをかくドルフェンの膝に抱きかかえられながら、小人さんはくしくしと眼をこする。

ここはキルファン帝国端の小島。意気揚々と進んできたものの、千尋《ちひろ》が寝落ちしてしまったためフロンティアの一行は休憩と仮眠を取ることにしたらしい。

幸いというか、キルファン側はロメール達の動きに全く気づいていない。克己《かつみ》らが出国していることはバレているかもしれないが、まさかその行く先がフロンティアだとまでは思っていないだろう。

海を渡って数時間。ここまで来て、ようやく遠目に帝国本土が見える。厚い雲海と海原の狭間。幾つも重なる島々の陰に、その大陸は霞んでいた。

地図で見たときは四国くらいかなぁと思ったけど、もっと大きそう？

反対を振り返れば水平線に浮かぶフロンティアが見える。遠く霞んだキルファンを一瞥しながら、幼女は、にゃあぁぁぁ～っと間延びした欠伸を繰り返した。野営用品を片付ける騎士らが、柔らかな眼差しで微笑ましそうにその姿を見つめる。

うに～うに～と左右に首を振り、千尋は高くなったお日様をのほほんと見上げた。

南国ほどでなくとも、フロンティアより南に位置する島々だ。すでに春も終わり近く、初夏の陽光が肌に刺さる。射しそむる光に眼を細める千尋を見つめ、ロメールはほんのりと薄い笑みをはいた。

「まあ、皆疲れていたし、丁度良かったんじゃないかな？　寝てたとはいえ、三時間くらいだし。ああ、返事も返ってきたようだね」

騎士達は半々で交代して仮眠をとっていたらしく、寝惚け眼《まなこ》な人間と、しゃきしゃき動く人間らの行動が違う。ちなみにロメールは騎士の報告で今起きたようだ。彼は軽く伸びをすると、どこか遥か遠くを見るように額のあたりへ手をかざした。

同じ方向に千尋が視線を振ると、その澄み渡った青空に微かな点が見える。その点はみるみる大きくなり、鋭い羽音を響かせ、ロメールの目の前に幼児サイズの蜜蜂が降り立った。

これが騎士からの報告だ。手紙を持たせた蜜蜂が戻ってきたら起こすよう指示していたらしい。

砂浜にぼふんっと着地した蜜蜂は、前脚を器用に交差させて抱えていた信筒を自慢げに差し出す。

《はいっ!!》

……と、幻聴が聞こえてきそうなほどやりきった感満載な蜜蜂が差し出した信筒を受け取り、そのまま何気に開こうとしたロメール。

だが、ふとどこからか強い視線を感じ彼が手をとめると、御届け物をした蜜蜂がじーっと彼を見上げている。

一心不乱にロメールを見つめる大きな目玉。彼は一瞬、首を傾げたが、すぐにその意図を察し思わず相好を崩した。そして砂浜にしゃがんで優しく蜜蜂の頭を撫でる。

「ありがとうね。お疲れ様」

魔力をのせた手で撫でられ、蜜蜂の眼が心地良さそうに蕩けた。実に満足そうである。

撫でられた頭を大切に抱え、てちてち離れていく蜜蜂がとても可愛らしく、ロメールは何ともいえない温かな気持ちに満たされた。如何にも照れくさそうなロメールの顔。その気持ちは面映ゆいというモノなのだが、彼は知らない。

そして改めて信筒から出した書面に視線を滑らせ、ふと彼は思案げに眼をすがめる。困惑と猜疑を同衾《どうきん》させた複雑な色がロメールの瞳に浮かび、その脳内の疑問を代弁していた。

「おかしい。皇帝ってバカだったんじゃないのか？」

酷い言われようだ。

思わず苦笑いする小人さん。その目の前に手紙を差し出し、ロメールは厳めしく口を引き結んだ。

ひょいっと幼女が受け取ったそれには、フロンティアから送った宣戦布告への返事が書かれている。

「へ？　宣戦布告って……。いつのまに？」

訳が分からなくて、思わず惚ける小人さんにほくそ笑み、ロメールはチラリと木陰に視線を振った。どこから持ち込んだのか分からないが、波打ち際近くに置かれたのは立派な机。その上に並べられている見事な筆記具一式。

困惑する幼女の姿に、何人かの騎士らが思わず肩を震わせた。

いや、待って？　何？　あの重厚な机は。持ってきたの？　持ち歩いているの？

やや眉根を寄せてロメールを見上げる小人さん。その目は信じられないモノでも見るかのように固く眉をひそめ、じっとロメールを凝視する。

侮りがたし、ビバ魔法文明。

自分をガン見する大きな瞳に噴き出して、堪らず彼は、くっくっくっと喉の奥を鳴らした。

「まあ、突然攻め込むのは道理に反するからね。蛮族の謗《そし》りを受けたくないなら、手順は大事だよ、チィヒーロ」

にっこりと人好きする笑みを浮かべても、その端々に漂う腹黒さは隠せない。と言うか隠す気もないのだろう。見え隠れする怒りの欠片。それが蛇の舌のようにチロチロとロメールの全身に纏わりついている。

怖や、怖や。

ブルッと背筋を震わせ、千尋は渡された手紙を斜め読みした。そして、ざっと文面に眼を通し、彼女もロメールと同じく思案気に眼をすがめる。

そこには、悪事の全てを認め、全面降伏するむねが書いてあった。さらには皇帝も処罰に応ずると明記してある。潔いというか、あまりにも意外だ。

集まってきた騎士団の面々も幼女の広げる手紙の文面を読み、驚愕の視線を見合わせている。

「悪いという自覚はあったのでしょうか？」

「いや、あったならやりはしないだろう」

「今までもそうでしたしね。どんなに抗議しても、自分達が正しいと嘯《うそぶ》いていましたし」

「珊瑚の密漁に奴隷密売。ほんと頭の痛い国だったものな」

キルファンには豊富な地下資源があるらしく、近代文明により洗練されて卓越した技術を含め、周辺国では羨望の的だったらしい。

そりゃそうだろう。この中世観満載なアルカディアでも文明はピンキリだ。中世初期から後期が千差万別に存在する。フロンティアのように内面が磨かれた国もあれば、バイキング顔負けな前時代的に野蛮な国もあるのだ。

未だに串刺しだの、釜茹でや牛裂きみたいなおぞましい処刑方法を取っている国だってあると千尋は家庭教師から習った。それらに比べれば、キルファンとフロンティアの関係はマシな方かもしれない。

キルファン帝国は多くの技術を保持し、魔力や魔法を必要としない道具類でその名を轟かせている。魔石が必須の魔術道具はフロンティア、その改良はキルファンといった感じに住み分けされ、慇懃な横暴さえなくば、そこそこ良い関係で付き合える国なのだ。

ホント、無い物ねだりだよねぇ。

魔力がなく魔物もいない隣国。そんな国が海の森の所有権を主張して、誰が信じるだろうか。有る物に満足し、それを磨き続ければ十分だと思う。

だが過去の歴史をかえりみれば分かることだ。権力者の欲に際限はないと。

ましてや、ここアルカディアは、千尋にとって過去世界と同じ。野蛮な感情論が横行し、現実に作用する空恐ろしい世界なのだ。フロンティアが別格に長閑なため、ついつい忘れがちになるが油断してはならない殺伐とした世界なのである。

森の主らや、魔法というアドバンテージを持つ騎士達が傍にいるから小人さんの周囲は平穏だが、それがなくば、とうに何処かで皆殺しに遇い千尋は拐《かどわ》かされていたに違いない。

本当に恵まれてるよね、アタシ。そう思うと、克己にも情状酌量の余地があるかな？

転生特典というわけではないけど、確かに千尋には脅威的なバックグラウンドがある。たまたま王家の血筋に生まれ、これまた、たまたま数百年に一度という稀有な人材に転生した。ついでに、大して役にもたたないが転生特典らしい謎な翻訳ルビも持っている。

どれも偶然なんだけどなぁ。まあ、翻訳ルビだけは意味がわからないけど。

そこまで考えて、ふと小人さんの脳裏に疑問が浮かぶ。

たゝ、たま？　本当に？


開幕、地べたを這いずり回る瀕死状態から始まった人生だが、あれよあれよと事が解決してゆき、今では下にも置かれない待遇の幼女。

これらが全て偶然？　本当に偶然なのだとしたら出来すぎではあるまいか？

もちろん、本人らの努力もある。千尋も周りも生半可ではない努力をしてきた。けど、降りかかる幸運の比率がおかしい。偶然も重なれば必然だと何かで読んだことのある幼女は、見えない意図の存在を微かに感じた。

漠然として攫み切れない淡い感覚はすぐに霧散してしまい、それと自覚のないまま、小人さんは目の前の手紙に集中する。一人無言で書面を凝視する幼女。

何処にも不具合はないと思うけど。見事な白旗を文面にしたためてあるだけだ。まるで降伏前提の潔い文章だにょん。

しかし疑念は晴れない。彼女は、じっと念入りに書面を見つめ、しばらくしてからカッと眼を見開く。

「ここっ！　これ、ヤバいっ!!」

千尋の指差した場所には皇帝の玉印。真四角の複雑な印章のその名前が、なんと日渡桜《ひわたりさくら》になっていた。

漢字を用いた皇族専用の印鑑はロメール達に読めない。千尋とて印章独特な崩し文字は読みにくいが、ここで例の謎なルビ振りスキルが威力を発揮した。

印章の上に揺れる半透明なルビ。日本語でくっきりと浮いた文字は日渡桜。ロメールや騎士達が見守るなか、小人さんの顔がみるみる憤怒に彩られていく。

「これ、今の皇帝の名前じゃないっ、桜の名前になってるのっ！　桜に全責任を負わせて皇帝は逃げるつもりだよ、きっと!!」

譲位とは難しいものではない。現皇帝が書類を揃えて申請すれば、すぐに受け入れられる。現代のように複雑な命令系統や法整備もなく、雑多な文化の入り交じるアルカディアでは皇帝の鶴の一声で十分。譲られる方に否やは無いのだから。皇帝とはそういう権力を持つものだ。

現皇帝が、前皇帝の遺言を無視して地位を継承出来たのだって、ひとえに桜の存在があったからだろう。桜が正妃となるならば、兄である今の皇帝が帝位についても文句は出ない。さらには桜が国外へと逃げ出し、唯一の直系となった彼が皇帝の座に着くのは自然の成り行きだったはずだ。

予想の範囲を出ないが、ここにきて前皇帝の遺言が生きてしまったのではなかろうか。

桜の死亡が確認されておらず、実は万魔殿で生きているのだという事はキルファン側も知っている。形だけとはいえ返還要請も来ていたのだ。桜を娶っていない今の皇帝は、たぶん暫定的な立場だったたに違いない。

本来は指名を受けた桜が継承するまでの中継ぎ。でなくば、ここまで鮮やかに頭のすげ替えは出来ないし、何より玉印の用意が間に合うわけがない。

キルファン帝国は亡き皇帝陛下の遺言どおり、桜を皇帝に据えるため磐石の準備を整えていたのだろう。きっと桜の親派らが真摯にあたってくれたのだ。それを桜の兄に悪用された。こんなことになるとは皇宮の人々は予想もしなかったはずだ。

千尋の説明を聞き、ロメールの顔が色を失う。

「やられた。そういう事なら、宣戦布告に現皇帝と名前を明記すべきだった。こちらからの文面には、領海侵犯に関する皇帝への責任追及、武力放棄と主の子供らの返還、あとは帝都までの往路を開放するようにしか書いてない」

固く歯噛みするロメール。

でも、それだって仕方のない事だった。

手紙の宛名が現皇帝であれば、文面に含まれる皇帝の文字もそのようにとられる。まさか、頭をすげ替えて逃げようとするなど誰が思うものか。

薄目で呆れたかのように書面を一瞥し、千尋は深々と嘆息した。

カラクリが分かればなんという事もない。秒でバレる嘘を吐く愚鈍な神経は理解出来ないが、悪足掻きの責任転嫁にしても醜過ぎる。こともあろうに桜へ己の罪を擦り付けようとするとは。

小人さんは思わず全身に寒気を走らせた。怖いわけでもなんでもない。ただ単に気持ち悪いのだ。

理解不能としかいえない姑息さ悪辣さが、心底気持ち悪い。

こういうのを上に据えられてるんじゃ、キルファンが馬鹿をやらかすわけよね。

ざわざわ駆け回る虫酸に苦戦しながら、千尋は克己やロメール達を振り返った。

「桜の兄貴って、なんて名前なの？」

絶対零度を醸す低い声。しばれる音がツキンと聞こえたのは気のせいだろうか。鼓膜を撫で回す冴えざえとした声音に怯えつつ、二つの唇が異口同音を呟く。

「「陸人《りくと》」」

互いの言葉を耳にして、思わず顔を見合わせるロメールと克己。それを見て微かに苦笑し、小人さんは忌々しげに口を開いた。ギラつく双眸がその凄まじい激情を物語っている。

「陸人ね。……見下げ果てた卑怯者が」

苦虫を噛み潰すも極まれりな顔の幼女から、底冷えを遥かに穿つ氷点下の怒気が辺りに漂い、歴戦のはずな騎士団の面々すらもがゾクッと背筋を凍りつかせた。


え？　怖……。


静かな怒りの波動に、眼を見開いて幼女をガン見する護衛騎士達。

こんな小人さんを見るのは初めてである。この小さな身体のどこに、これほど凄まじい覇気が隠されていたのか。

豹変した千尋を無言で見つめ、固唾を呑みつつ見守る周囲の人々。

こんこんと幼女から湧き出《い》でる昏い何か。ぞくりと肌を粟立たせるソレに、ロメールやドルフェンはもちろん、護衛騎士らはなんとか耐えられたらしく、上手く動揺を隠していた。……が、パンピーな克己はひとたまりもない。


……怖ぇぇぇぇっっ!!


音が聞こえそうなほどガタガタと震える克己を余所に、小人さんは晴れやかな笑顔で皆を振り返る。

「せっかくのお招きだ。行こうか」

ふわりと柔らかい微笑みに反比例して、周囲を吹き荒ぶブリザード。澄み渡る青空のような笑顔のくせに、その背後には豪雷の鳴り響く厚い雲海が垣間見える気がする。

ロメールに負けじ劣らぬ黒い笑顔。

無邪気な黒い笑みってどんなんだよ。器用だね、君。

その心情を物語るロメールの生温い眼差しを見て、騎士団の面々は複雑そうに顔を見合わせた。

腹黒さにかけては彼も人のことは言えない御仁である。他人事のようなふりをして、実は同類。

そんな人間達を眺め、ツェットがさも愉しそうに含み笑いを漏らしていた。魔物が喜ぶこの状況を、とても周りは歓迎出来ない。

それぞれがそれぞれの思惑を脳裏に描くなか、島の木立の陰でカエルに抱きつき震える一般人な克己君。

……これ、あかん奴や。

剣呑な雰囲気に呑まれ、鋭利な氷の刃をあてがわれているような錯覚すら起き、克己の眼が恐怖に潤む。思わずゾワリと総毛立つ肌と背筋から消えない悪寒。

心胆寒からしめる幼女の変貌ぶりに、ピクリとも動けない青年。

同じ冷気を感じていても、くぐってきた修羅場の数が違うのだろう。ロメールや騎士らは普通に動いている。だがその顔は険しく、さすがに平静ではいられないらしい。

そしてふと、身動ぎも出来ずに固まっている克己に気付いたドルフェンが、仕方無さげな顔で彼を小脇に抱えてパーニュに乗せた。

「まったく、面倒な。摑まっておるだけなのだから、ちゃんと自分から動け」

冷ややかなドルフェンの眼差しに怯え、慌ててパーニュに乗る克己。緊張で手が滑り指もいうことをきかないが、必死の形相で白い騎士服にしがみつく。

そんな克己の頭をポンポンと叩き、カエルの守護膜がパーニュから落ちぬよう克己を支えてくれた。

「……ありがとう」

ベソベソな顔で礼を言う克己に、カエルは軽く眼を細める。まるで、《よせやい》とでも言いたげに表情豊かでシニカルなカエルの顔。

主の一族は情に篤い分、面倒見がよい。かつては、このようなワンシーンがそこここで繰り広げられていたのだろう。克己にとって現在は周り中が敵も同然。そんななか、こんな風に優しくされればイチコロである。

見つめ合う一人と一匹に、フロンティアの面々は眼を丸くした。

「やはり、尋ね人というのは只者じゃないのかな？　主の一族とはいえ魔物なのに怖がっている様子もないね」

唖然と呟くロメールの言葉に、小人さんは思いっきり生温い笑みを浮かべる。ロメールほど博識な者でも知らないのだ。かつて人間が森の主の一族の良い隣人であったことを。

彼の昔、森の主らが人々に言葉を教え、狩りを教え、畑を手伝い、仲睦まじく暮らしていたなどと知りもしないのだ。何千年も前に失われてしまった絆だから。

今でこそフロンティアの人々は主の一族に慣れてきたが、小人さんが現れる前は、まるで厄災のごとく腫れ物のようにクイーン達に接していた。事実、クイーンらにはそういう力があるので否定も出来ない。

しかしその反面、クイーン達がむやみに人を襲わないことも彼等は知っている。だからフロンティアは常にメルダ達へ礼儀正しくあった。諸外国のように森の主に関する知識が隠蔽されていないからだろう。畏れ敬いこそすれ、忌避はしていない。伝え引き継ぐのは大切な事。フロンティアにはそれがある。払拭出来ぬ恐怖もあろうが、他国と比べたら雲泥の差だ。

主の森があって魔物がいて魔力や魔法が当たり前にあるからこその日常。

魔物素材の取引や、森の恵みの採取。他国にはない豊かな森の恩恵が、そのままフロンティアの暮らしに根付いていた。その延長線で、獰猛な魔物と理知的な主の一族との明確な線引きも出来ている。

以前森を訪れた時も、敬意を払えば襲われないことをロメール達は知っていた。

それとは別で、ドルフェンとの間にカエルを挟み、ぷるぷる震えている克己。

こちらは単に魔物を知らないだけである。彼が見たことのある魔物は主の一族のみ。たぶん海の森の珊瑚礁にも克己は行った事がないに違いない。

千尋の連れた蜜蜂や、襲ってきた海蛇らしか知らない克己。その海蛇達も今は大人しくフロンティア一行を守っていた。だから恐れというモノがないのだ。

人と友好的な魔物だけしか知らないのなら、それを恐れる理由もない。まして克己は地球人である。あちらの不思議物語にどっぷりと浸り、毒されている彼に、主の一族を恐れるいわれはなかった。

これはこれで危ういが、まあ、そういった細かいアレコレは経験するまで分かるまいしね。

小人さんは先々で起きるだろう問題を、ていっと放り投げ、カエルを抱き込んで離れない克己に唖然とするロメール達を愛想笑いで誤魔化した。

そんなこんなで皆の支度が整い、小人さんが先導としてツェットの頭に乗っかった時。

フロンティア一行の背後から、やにわ鋭い羽音が聞こえてきた。

何事かと驚いたフロンティア一行が振り返って見れば、そこには蛙を連れた新たな蜜蜂の援軍が到着し、さらに遠目で何隻かの船が見える。

手をかざして船影を確認したロメールは、少し意地悪げな笑みを浮かべた。

船に靡《なび》く鮮やかな旗。深紅に金の六芒星はフロンティアの国旗だ。

出発を止めて再び小島に上がった小人隊に、みるみる近寄ってくる五隻の帆船。それを静かに見上げ、小人さんは口をあんぐりとあける。

「ああ、来たんだな」

その船団はリュミエールからやってきた辺境伯騎士団の船。彼等はひしめき合う魔物の群れに、おっかなびっくりしつつも、ロメール達のいる小島に近寄ってきた。少し離れた位置に小舟を下ろし、乗り移った騎士達が、それを漕いでロメールらのいる小島に上陸する。

ざりっと砂を噛む軍ブーツの重厚な足音。

彼等は、のほほんと船を見つめていた小人さんの目の前までやってきて、ざっと敬礼した。如何にも武人然としたその姿。王都の騎士団とは一風変わったその雰囲気。

悪く言えば粗野。良く言えば野性味に溢れた貫禄。敵国とも言えるキルファン帝国と近いゲシュベリスタ辺境だ。数々の戦いを経験してきた猛者達なのだろう。

「お久し振りでございます、王弟殿下。辺境伯の命により、馳せ参じてございます」

「久し振りだね、ビュッテンフェルト騎士団長。こちらはチィヒーロ王女殿下だ」

小舟で来たのは真っ赤な髪の老齢な男性と数人。薄くはいた笑みや面白そうに輝く瞳は、まるでどこぞの悪童のようである。

威風堂々とした彼の興味津々な眼差しは、じっと千尋を見つめていた。

「エラブスター・ラ・ビュッテンフェルトと申します。お見知りおきを」

「チィヒーロ・ラ・ジョルジェと申します。以後よしなに」

すっと背筋を伸ばして彼の挨拶に頷きつつ、小人さんは目の前の男性を見据える。

赤い髪に、その名前。もしかして？

千尋がチラリとロメールを見ると、エラブスターは軽く眼を細めた。さも愉しげに。

「そう。ハロルドの父御だ」

やっぱし。親子揃って騎士団長とは。そういう家系なのかな。

こちらは、ちょい悪風のイケおじ。ハロルドは超堅物な真面目さんなのだが、やはり親子なのだろう。醸す雰囲気がよく似ていた。

しげしげとエラブスターを見上げる小人さんを余所に、ロメールはてきぱきと指示を出していく。

「パーニュを回収して、船に移ろう。ポチ子さん達、頼むね」

彼がそう言うと、パーニュに乗った騎士ごと蜜蜂達が持ち上げ、やってきた大きな船へと運んで行った。

自分の何倍もある乗り物を持ち上げて平気のへいざ。ぶい～んと通常運行で飛んでいく蜜蜂達。

乗せられたまま運ばれる王宮騎士らも、やや驚きはしたようだが、特段慌てる風でもない。

それを驚愕の面持ちで見つめ、エラブスターは信じられないといった風情で視線をロメールに流した。その疑問符全開の見開いた眼に肩を竦め、ロメールは小人さんを見る。

足元の幼女は、きょんっとした顔で、大きな二人を見上げていた。右肩にポチ子さん、頭に麦太《むぎた》を乗せて。

驚嘆に値する状況なのだが、その千尋の姿は暢気としか言い表せず、エラブスターは口の端をもにょらせた。

「話には聞いておりましたが、いやはや。金色の王とは凄まじいものですな」

呆れと驚きを同衾させたエラブスターの呟きに、思わず不思議そうな顔を見合わせる王宮の面々。

王都の彼等にとってはこれが日常なので、すでに感覚が麻痺している。

その戸惑いを察し、エラブスターが豪快に笑った。

「これは良い。散々呑まされた煮え湯を一括で返してくれるわ」

南西の海側を統括する辺境伯領ゲシュベリスタ。アーダルシアと呼ばれる海域を巡るいさかいでキルファン帝国の矢面に立つ彼等には、今まで思うところがあったのだろう。

その黒々とした獰猛な笑みは息子のハロルドに酷く似ていた。

そんなこんなでポチ子さんに抱えられて千尋も船に乗り込むと、磨き上げられた甲板で幼女の見慣れた人物らが手を振っている。

藍の小紋に緑の帯。艶やかな黒髪を後ろの低い位置に結い上げ、心配げに揺れる真っ黒な瞳。

「千尋！　怪我はないかい？」

「桜!?」

手を振っていたのは桜と小人隊の居残り面子。降りてきた千尋に駆け寄り、彼女は幼女を抱き上げて心許なげに眉を寄せる。

「ほんとに……。無茶をおしでないよ」

ぎゅっと抱き込まれた小人さんは、仄かに香る椿油の匂いに深い安堵を覚えた。

懐かしい香り。婆っちゃもよく使ってたっけ。つげの櫛に染み込ませて。

スタンピードと勘違いした襲撃時。王宮派出館で別れた桜は、ロメールが護衛をつけて仮邸へ避難させ、事が解決するまで待つようにとの言葉に頷き、じっと待っていたらしい。

しかし待てど暮らせど誰一人戻ってこない。夜が明けて護衛の騎士達とともに再び王宮派出館へ彼女が訪れると、そこにはロメールの命で戻ってきていた王宮騎士団の面々や派遣された辺境騎士団がいた。

彼等からあらかたの事情を聞いた桜は、ロメールらを追いかけるという辺境騎士団に捩じ込み、無理やりついてきたのだという。

小人さんの顔を見て落ち着いたらしい桜は、切なげに眉を寄せた。零れそうなほど潤む漆黒の瞳。

「あんたは子供なんだよ？　こんな事は大人に任せたら良いの」

「ごめんねぇ、桜。でも、主の森の事はアタシの管轄なんだよ」

ぎゅーっと抱きしめ合う二人に、周りは微笑まし気な笑みを浮かべる。ひとり、ドルフェンだけが苦虫を噛み潰しているのは余談である。

「それじゃ行こうか」

一時の抱擁を経た小人さんの言葉に大きく頷き、五隻の船は動き出した。帆船だが、フロンティアの船に風はいらない。基本的な動力は魔道具なのだ。帆は保険に過ぎない。

ツェットの先導で進む船隊は、一路、小島群の最奥に位置する帝国を目指す。その細い舳先には、海風に髪をなぶらせて仁王立ちする幼女。

桜を陥れようとか、ふざけんなや、陸人っ!!　絶対に取っ捕まえてやるからねっ!!

辛辣な光を浮かべ、炯眼《けいがん》をすがめる小人さん。その小さな後ろ姿にオロオロし、危ないから戻りなさいっと叫ぶロメールがいるのも御愛嬌。

怒ったり、笑ったり、驚いたり。毎日、色々あるけれど。今日も小人さんは元気です♪

海の森と小人さん　～神々の降臨～

「なに？　それ？」

皇城奥の大広間。

ひしめくような人々が見守るなか、フロンティア一行は玉座の前までやってきた。

玉座には一人の女性。

誰だ？　こいつ。

ロメール達はもちろん、事情を把握済みな辺境伯騎士団すらも満場一致の疑問である。

事の起こりは二時間ほど前。

返事の書簡にあったとおり、帝国は海辺から皇城まで全く無抵抗でフロンティア一行を受け入れた。

港に着いた五隻の船からそれぞれ三十名弱の辺境伯騎士団が上陸し、十数名を見張りに残して皇城へ向かう。フロンティア騎士団の得手は魔法だ。リアル一騎当千を地でいく彼等は、各船見張りに五人もいれば事足りる。

皇城は港から見える位置にあり、この海辺の港町が実質城下町でもあるのだとロメールが小人さんに教えた。

賑やかな港町なのだろうが、今は人っ子一人いない。みんな戒厳令で閉じ籠っているのだろう。見た感じは日本の漁港によく似ていた。広い船着き場や、幾つものクレーン。

そう、キルファンの漁港にはクレーンがあった。それも中世あるあるな人力による拙いモノではなく、鉄骨のレーンをつけた見事なハンガー。やはりキルファンは近代技術が継承された日本人の国なのだと小人さんは確信する。

そんな荷下ろし場所らしきあたりから少し歩いた処が街。その向こうに見えるのが王都の住宅街か。さらに向こうに広大な畑も垣間見える。

そしてそんな街や畑の先に、城らしきモノがそびえ建っていた。歩きなら二時間くらいな位置。知らず千尋は眼を半開きにする。

こんな国の入り口に皇帝の城作るとか。バカなの？　代々の皇帝、みんなバカだったの？

呆れたような眼差しを城に向ける小人さん。然《さ》もありなんと苦笑するフロンティア騎士団二百名弱と何も知らない魔物を率いて、彼女は悠々皇城へ向かった。

そんなフロンティア一行が脚を下ろす四時間ほど前。

キルファン皇宮は、前代未聞の危機に陥っていた。


「きゃ――――っ!!」

「ばっ、化け物っ!?」

「誰かあるっ！　これを何とかいたせっ!!」


眼ん玉が飛び出すような形相で悲鳴をあげる人々。その人々の前には、大型犬サイズの巨大な蜜蜂がいる。

ぶい～んと飛び回り、あちらこちらの人間に近寄ろうと試みる蜜蜂だが、突然飛来した謎の生物に人々はパニック状態。誰もが絶叫を迸《ほとばし》らせて全速力で逃げていく。

思わぬ事態にしょんぼり萎れる蜜蜂様。

ロメールは、お城の人に渡してくれと蜜蜂に頼んでいた。誰かにこの手紙を渡さなくてはならないのに誰も受け取ってくれない。

蜜蜂は床に降りて、てててっと人々に近寄っていく。脅かさないよう、ゆっくりと。

「ひぃぃぃぃぃっっ！　来るなぁぁぁっっ!!」

「うわぁぁぁぁっっ!!」

しかしやはり誰も手紙を受け取ってくれない。城のなかは阿鼻叫喚の嵐である。

今にも泣き出しそうな顔でキョロキョロした蜜蜂は、ふとある人物に眼を止める。

右往左往して逃げ回る人間らを余所に、蜜蜂はてちてちとその人物に駆け寄っていった。

そこには隆々とした体軀の大柄な男性。一見して武人と分かる拵《こしら》えと、狼狽しつつも武器を握りしめて警戒する初老の男性が訝しげな顔で立っている。

そんな男性の前にやってきて、ロメールから託された信筒を大切そうに持ち、そっと差し出す蜜蜂様。

厳かに掲げられた信筒。それを一瞥し、差し出された男性は困惑に眼をすがめる。

「わしに……？　か？」

恐ろしげな顔で遠巻きに見守る皇宮の人々。

驚愕に逃げ惑う人間達のなかで、蜜蜂の前にいる男性は驚きつつも冷静だった。何が起きたのかと静かに蜜蜂を観察していた。

その機微を察し、彼ならロメールから預かった信筒を託せるのではないかと蜜蜂は判断する。

《**はいっ！**》

ほれほれと信筒を持ち上げる蜜蜂の必死さに圧され、男性は眉を寄せながらもその信筒を受け取った。しかし怪しげな顔で首を傾げるのは否めない。

……気のせいだろうか。まるで子供が『お願いしますっ』と言っているような気がする。

当たらずも遠からず。小人さんにして、感情豊かだと宣わせる主の一族のアピール力の高さは、他国の人間らにも通じるようだ。

しかし、信筒を受け取った男性は、その宛先と送り主の名前を確認した途端、思わず顔が強張る。

宛先は皇帝陛下。送り主はフロンティア王族。

思わず蜜蜂と手紙を二度見三度見し、驚愕で顔を強ばらせたまま、彼は大きな声をあげた。

「これは……っ、誰かあるっ！　翁を呼べっ!!　すぐにだっ!!」

男性の声に反応し、遠くから様子を窺っていた宮内人らが、さっと走り出す。それを確認して、男性は件の信筒を怖々と握りしめた。

この男性は皇宮の警備を預かる兵衛の一人。十中将《つなし》。だからこその冷静さ。この謎な生き物が、人に仇なす危険があるのか無いのかつぶさに観察していたのだが、まさかの展開である。

彼の声を聞きつけ、パニック状態な人々を宥めていた検非違使らがゾロゾロと集まってきた。

検非違使とはフロンティアでいう騎士のようなモノ。国の治安を与る戦士である。キルファン帝国には、地球でいう軍の階級が存在し、十中将は皇城の外周と内裏の警備を担っていた。

そこに起きた青天の霹靂。

「早急に陛下に先触れをっ、それと……」

集まってきた検非違使らは、あれやこれやと指示する十中将の横にいる蜜蜂に驚き、ぎょっと怯えた顔をする。それも致し方無しだろう。彼等は初めて魔物を見たのだから。キルファンには魔力がない。つまり魔物はいない。その代わり普通の生き物はいた。昆虫や動物も通常のモノだけだ。だから彼等は目の前の生き物の姿を知っている。蜜蜂は珍しくもないが、大きさがおかしすぎた。小指の爪ほどの蜜蜂しか見たことのない彼等から見たら、もう化け物としか言えないサイズだ。ちなみにアルカディア大陸にも通常の生き物はいる。魔物らの陰に隠れてその存在感が薄いだけで。

魔物の殆どは普通の生き物から発生する突然変異《ミュータント》か、それらの交配によるキメラばかり。ゆえに特定の姿をしていない。見かけから狼系とか蝙蝠系とか、なんとなくな系統はあるが、その殆どは同じ形をしていないため、総じて魔物と一括りにされている。固定された種を持つ魔物は主の一族だけなのだ。

だから初めて見る魔物の姿に、集まってきた検非違使らも顔をひきつらせる。

「こっ、これはっ？　城の人々が大騒ぎしていたのは、これのせいですか？」

ん？　と首を傾げる蜜蜂様。

あ、とばかりに、十は自分の足元を見下ろした。

そうだ、これをどうするか。

この手紙を運んできたということは、ある意味、この生き物はフロンティアからの使者と同じである。無下にも出来ない。

どうしたものかとしばし考えて、蜜蜂から敵意を感じない十は一人の若い検非違使を見た。

「この手紙を持ってきた生き物だ。これはフロンティアからの書状である。……返信が必要なれば、この生き物に持たせることになろう。丁寧に遇せ」

「……かしこまりました」

とりあえず若い検非違使は蜜蜂の傍につき、十は皇帝への謁見前に、キルファンの各所を統べる翁らへ相談をと足早に駆けていく。

それを見送りながら、複雑そうな顔で蜜蜂をチラ見する若い検非違使。彼は名前を尚典《たかのり》といい、今年入ったばかりの新人だった。

自他共に認める無類の動物好きな尚典は巨大な蜜蜂に興味津々。恐れより好奇心が勝るようである。

「えと……、使者殿……で、よろしいか？　ここは冷える。あちらの中庭が暖かかろう。おいでなさい」

ちょいちょいと手招きする彼に素直に従い、蜜蜂は中庭へと案内された。

烏帽子をかぶる狩衣姿の若者の後を、てこてこついていく巨大蜜蜂様。まるでお伽噺のような光景は、この後しばらくキルファンの話題をかっさらうのだが、それはまた別のお話。

広々とした中庭は、如何にもな日本庭園だった。松やツツジなどの木立がチラホラあり、一面をおおうのは見事な芝生。甘い香りを放つ芝桜は今が盛りで色とりどりに咲き誇っている。

風もなく暖かな中庭を案内され、蜜蜂は日向ぼっこをした。ウトウトと微睡む大きな眼。

それを見て尚典は、可愛らしいなぁと眼を細める。

見てくれは恐ろしげなのに、なぜか彼には蜜蜂が可愛く見えた。全く威嚇もしないし、ただ大きいだけで、害のある生き物には見えない。ほっこり丸まる蜜蜂をそっと撫でながら、尚典は懐から何かを取り出す。

「甘いモノはお好きですか？　これは懐餅です。召し上がれますか？」

懐紙の上に彼が出したのは一口サイズのお餅。餡の入っていない餅だけの甘味だ。それを五個ほど紙の上に並べ、窺うように尚典は蜜蜂に勧めた。

途端に眼を煌めかせて餅に飛び付く蜜蜂様。

魔物は魔力を持つ生き物だが、当然、肉体を維持するために通常の食事も摂る。魔物は基本肉食だ。しかし主の一族のみは雑食。肉でも野菜や野草でも好き嫌いしない。何でも美味しく頂く。

だが実のところ、彼等が一番好きなのは甘味だ。糖分は魔力と相性がよく、さらに、人間らのこしらえる純粋でない複雑な甘さが主の一族は大好きだった。

森で彼等の食せる甘味といえば蜂蜜か果物ぐらい。

御菓子という妙なる美味な食べ物は、魔物達にとって未知との遭遇。小人さんから色々と貰えるようになり、蜜蜂達は味をしめていた。

うっとりと味わう蜜蜂様のあどけなさにあてられ、思わず胸を射抜かれる尚典。

なに？　この可愛い生き物。ただの大きな蜂だよね？　大人しいし、うちに連れて帰りたいなぁ。

うっとりと蕩けた顔で見守る尚典の前で、全て食べ終えた蜜蜂が物欲しげな眼差しで彼を見上げている。

《もっと》

うるうると揺れる大きな眼。眼は口ほどにモノを言う。

幻聴かな？　ま、いいや。

しまりのない弛んだ顔のまま、尚典は懐にあった餅を全部蜜蜂に与えた。彼にとっても高価なおやつで大切に食べていたのだけど、そんなことはどうでもいい様子。

幸せそうな蜜蜂を見ているだけで、御満悦な検非違使様である。

そんなこんなで二時間ほどたった頃。十がドタドタとけたたましい足音をたてて戻ってきた。

翁らや皇帝陛下との話し合いが終わり、返信の信筒を携えてきた十は、謎の生き物を任せた検非違使が中庭に向かったと聞き、急いで中庭に足を踏み込む。……が、そこで絶句。

光射しそむる瀟洒な庭園で、蜜蜂と若者は蹴鞠に興じていた。

ぽーんっと上がる毬を頭で受け取り、ゆらゆらさせて、再び若者に頭で突き返す蜜蜂様。

「お上手ですよ？　それっ」

きゃっきゃと遊ぶ魔物と人間の不可思議な光景を、固まったまま凝視する十他数名の検非違使達。

人々の時を止めてしまったとも知らず、一人と一匹は、とても楽しそうに遊んでいた。

そのあと、硬直の溶けた十から返信を受け取り、ぶい〜んと空を翔る蜜蜂様。それを名残惜しそうに見送る尚典の姿に、十は酷い頭痛を覚えた。

手紙の内容で、アレが森の主と呼ばれる魔物の一族だと判明したからだ。災害級と名高い魔物の代名詞。下手を打てば、この城が崩壊させられる危機だったのだと理解して、翁らや皇帝陛下も顔面蒼白。

何事もなくて、本当に良かったと、十は胸を撫で下ろした。

いや……無くはなかったか。宣戦布告されたのだったな。

過去の経緯から良好とは言い難い両国に、某か壊滅的な亀裂が生じたらしい。らしいと言うのは、十の管轄外の話だからだ。

漁業関連や珊瑚漁などに守衛軍は関わらない。漁や遠征に護衛がつくこともあるが、十の管轄は皇宮とその城下町だ。だからそれを詳しく知る者が判断するほかなく、さらには手紙の内容から、フロンティア側は譲る意志が欠片もないことを知った。

成るべくして成った事態だろう。出来得るだけ穏便に済むよう、十は各所へ戒厳令を伝えに行く。

決して建物から出ず、フロンティア軍を刺激しないようにと。
絶望にも似た焦燥を炯眼に宿し、部下らと街へ向かう十を余所に、中庭に立ち竦む若い検非違使は小さな点となった蜜蜂を未だに見送り続けていた。

そんなこんなでキルファンへとやってきた小人さん一行。漁港を抜け、港町や住宅地を過ぎたあたりで皇城からの迎えを見つける。

……えええ。なに？　アレ。まさか、アレに乗れと？

千尋は眼前に広がる光景に歯茎を浮かせる。ドン引きである。
「遠路はるばるのお越し、恐悦至極にございます。手前、御迎えを申しつかまつりました橘《たちばな》です。ささ、皆様、御疲れでございましょう。御好きな馬車や馬を御使用くださいませ」
好好爺な面持ちでフロンティアの人々を出迎える橘翁。重鎮の一人であり、穏健派な彼が出迎えることで、キルファンはフロンティアから少しでも温情を賜ろうと考えていた。身分あるキルファン人にしては珍しく温厚で、民の信頼も篤い彼ならば滅多なことにはなるまいとの人選である。

それは正しかった。正しかったのだが、その常識の違いをキルファン側は知らなかったのだ。

フロンティアでは身分ある者は下々に顔を見せない。その必要性を持つ御披露目などの場合以外は、馬車から降りもしないのが普通だ。

だから、多くのフロンティア人らが目の前の光景に我が眼を疑った。

まるでオープンカーみたいに屋根のない豪奢な馬車が中央にあり、それを囲むよう周りには多数の馬や、簡易な箱馬車が幾つも用意されている。とりあえずありったけ集めて来ました感の強い光景だが、ないよりマシだろう。

遠くに見える城は、ここから一本道。

……ナポレオンが喜びそうだな、これ。

まあ帝国の立地的に過去の皇帝達は外敵の攻撃はないと踏んでいたに違いない。ほんの数百年前まで、他国と交流すらなかった国なのだ。利便性しか考慮していないのも頷ける。

しかし、問題は派手な馬車だ。申し訳ていどのカーゴしかついていない、開けっ広げな馬車。あんな物に乗るのは御免被りたい小人さん。

……アレは嫌だなぁ。ド派手で丸見えだし、はっずいわ。

同じことを考えたのだろう。ロメールやエラブスターも困惑げな顔をしている。そんな二人に、いそいそと近寄っていく橘翁達。

見せ物になりたくない小人さんは、そそくさと箱馬車に乗り込み、見てくれで王族と判断されたらしいロメール達が橘翁らに豪奢な馬車へ乗せられるのをこっそりと見ていた。

顔をひきつらせる彼を宥めながら馬車に押し込むキルファンの人々。なるべく事を荒立てたくはないロメールに逃げる手段は残されていなかった。

そして、他にいないか？　とでもいうような眼差しで、迎えらしい人々は辺りをキョロキョロ見渡している。

黄緑なてるてる坊主を誰が王女殿下と思いましょう。

ひっそり丸くなってドルフェンの膝の上で蟬のようにへばりつく小人さん。当のドルフェンは小人さんを抱き抱えつつも、オロオロとロメールらを見る。

ロメールも馬車に乗せられながら、視線で小人さんを捜していた。そんなロメールとドルフェンの眼がガッチリ合わさり、某かを叫ぶロメールを尻目に豪奢な馬車が動き出した。

「ちょっ！　待ちなさい、チィヒーロっ！　君はこっちでしょっ!!」

カポカポと歩く馬。それに並走して揺られる馬車の中で、千尋はペロッと舌を出す。

要らなーい♪

周りに傅《かしず》かれるのはロメールに任せて、徐々に早足になる馬車の窓から風景を楽しみつつ、千尋は皇宮へと向かった。

大きな港町をあとにし、延々と続く住宅街。ここらも他の国同様、外周ほど貧しく、城に近づくほど富裕層が軒を並べている。幼女には見慣れた平屋中心な横長の風景。そして城の周囲を囲むのは、これまた広大な農地。

なるほどね。見渡す限りの畑ならば不審者を見つけやすい。そう簡単には城へと近づかせない仕様か。

遠目に見えるのは物々しく警備をしている人々。古式ゆかしい狩衣や烏帽子帽。一瞬、平安京にでも迷い込んだのだろうかと錯覚し、千尋はくしくしと眼をこすった。

古きを偲び、大切に継承する日本人の美徳。それがキルファン帝国では生きているらしい。

知らないはずの時代が現役で存在する様に、思わず口許を緩ませる小人さんである。

そうこうしてようやく着いた皇城は、西洋のモノとも東洋のモノとも言いがたい、あやふやな建築様式な建物だった。


思わずあんぐりと口をあけて胡乱な眼差しを彷徨わせる小人さん。


……港町や住宅街とは大違いだにょん。

千尋は目の前に展開された、ビックリ箱のような風景に眼を据わらせる。

横長な木造の一式は和風と言えなくもないが、その後ろに建て増ししたかのような石造りの建物や高い塔は、まるでどこぞのアミューズメントパークみたいに滑稽な並びだった。だが橘翁らの様子からするに、ここが皇城で間違いないのだろう。

騎士団を率いて城下を抜けたフロンティア一団は、皇城前の大門に並ぶ人々を冷たく一瞥する。

深々と頭を下げて小人さん達を迎え入れるキルファン側。返信にあったとおり、無駄な足掻きをするつもりはないらしい。

「……遠路遥々のお越し、恐縮でございます。我等は全て受け入れる所存。何卒、寛大な御裁可を」

断罪の受け入れを申し出てきたわけだし？　本来なら、それもあったけどねぇ？

桜に罪をなすりつけようと画策する大馬鹿野郎様どもにかける寛大な情けはない。

知らず残忍に歪む千尋の唇。その姿を見て、出迎えたキルファン人達は心底怯えた。

彼等の命運は幼女の手の中にある。それを知っているのだろう。帝国人達の視線は、居並ぶ騎士団のみならず、その倍以上いるモノノケらに釘付けである。

あれが魔物……。

橘翁達は、数時間前の騒動を脳裏に過らせた。

『宣戦布告だとっ!?　フロンティア側から攻めてきたことなど一度もなかったはずではないかっ!!』

激昂する陸人皇帝。それを褪めた眼で一瞥し、橘翁ら重鎮一同は口を引き結ぶ。

皇帝の言うとおり、過去にフロンティアから攻め入られたことはない。だがそれは、これからも無いという確証にはならないのだ。

しかし彼の国から攻め入るということは、某かの理由があるはず。こういっては何だが、フロンティアはキルファンを対等に見てはいない。歯牙にかけるも疎ましい国だと思われているはずだから。

フロンティアより流れてきた魔道具を改良し、キルファンの文明は飛躍的に上がった。もはや魔道具なしの生活など考えられない。尋ね人らも、そういった魔道具の効果的な使い方に長けていたし、戦争に負けたことで、ある意味、我が世の春を謳歌していたキルファン。

潤沢な魔道具や魔法石を輸入出来るようになったため、各分野も凄まじく躍進する。

それが何故このようなことになってしまったのか。

泡を食って橘翁が調べあげた結果、かえすがえすも忌々しい国王派貴族らの悪事が露見したのである。

キルファンでは横の繋がりが薄い。ほぼ完全な縦社会で、外様の意見は通じない。それが仇となり、橘翁らは海洋を司る一派の悪巧みを暴けなかった。

彼等が不可侵を結んださいにフロンティアが出した、たった一つの条件を破っていたことを知らなかったのだ。

主の森を荒らすべからず。ただそれだけだったのに。

そのたった一つを守ることも出来ずに、我々は退路を絶たれた。いや、むしろ絶体絶命の窮地に立たされたのだ。

魔法を駆使するフロンティア騎士団は、世界に名だたる一騎当千の強者である。それに加えて、災害級と名高い森の主の一族が揃い踏み。こんな面子を相手に虚勢が張れるほどキルファンは愚かではない。

正確には、キルファンの心ある者らは。……だ。

酷く狼狽する陸人皇帝を余所に、ロメールからの手紙を吟味した橘翁は、即座に海洋の責任者らを呼び出して事の真偽を問い質す。

最初はのらりくらりと言い逃れをしていた責任者らだが、その無様な姿に怒り心頭し、橘翁は鋭く眼を剝き上げて一喝した。

『それをフロンティアからお越しになる方々にほざくがいい。当事者である魔物達も来るとの事だ、隠しだて出来るか見物だなっ！　我々は擁護せぬぞっ!!』

魔物達の恐ろしさを熟知している海洋の者らは、ざーっと血の気を下げて押し黙る。そしてポツリポツリと口をこぼし、主の森を荒らしたこと、主の一族を抑えるために、主の子供らを拐ったことなどを辿々しく説明した。

なんたることか。

橘翁は目の前が真っ暗になる。戦後賠償も望まず、こちらに上陸もせず、全てを不問としてくれた相手に対して恥知らずにも程があろう。あちらが激昂するもやむなし。

橘翁は固く拳を握り締めて、キルファンをどうやって救うか考えた。だが答えは一つしか浮かばない。

彼は覚悟を決めて、陸人皇帝に伝えるべく足早に廊下を歩いていく。茫然自失な海洋の者らを置き去りにして。


『全面降伏するほかありませぬ』


広間へと集まった重鎮達は橘翁の言葉に眼を見開いた。その最たる人物は陸人皇帝。彼は今にも破裂しそうなほど真っ赤に顔を膨らませている。

『ならぬぞっ！　我の代でキルファンが失われるなど、あってはならぬことじゃ!!』

居丈高な怒声に怯むこともなく、橘翁は静かに言葉を続けた。

『ならばどうなさいますか？　全滅覚悟で玉砕でもいたしますか？　それはキルファンが失われる

のと同義なのでは？』

皇帝の台詞に便乗して声をあげようとしていた国王派も、橘翁の説明に喉を詰まらせる。彼の言うとおりだった。

国を挙げて抵抗は出来よう。しかし、彼の国《フロンティア》に勝つなど夢のまた夢。この小さな大陸を焦土と化す愚行でしかない。過去の戦いがその信憑性を裏付けてもいる。

『……どうすれば良いと』

苦虫を噛み潰して戦慄《わなな》く陸人皇帝を冷たく一瞥し、橘翁は現実を見据える。

『無血開城しかございますまい。書状によれば、フロンティア側は無益な争いを好まぬ様子。攻撃せぬなら、何もしないと書いてございます。……ただ』

そこで言葉を区切り、橘翁は真っ直ぐ陸人皇帝を見た。揺るがぬ光を宿した炯眼に、皇帝は嫌な予感が脳天を突き抜けていく。

『不可侵を破綻させ、フロンティアの海域を侵略し、大切にしてきた主の森に働いた狼藉は許しがたし。あまつさえ主の一族を拐取し、脅迫したかどの清算を皇帝陛下に望む。相応の処罰が成されぬ場合、我々は主を止められない。キルファン大陸を舐め回す怒りの業火を覚悟召されよ。……このようにあります』

広間の人々は、声高な橘翁の説明を愕然と聞いていた。それはつまり……？

橘翁を凝視していた視線が、一斉にひとところへ向けられる。そこには顔面蒼白な陸人皇帝。フロンティアの書状に書かれた内容は、キルファンの頂点たる皇帝の首を求めるモノなのだ。

森の主の怒りを宥めるために。フロンティアが受けてきた今までの溜飲を下げるために。皇帝陛下に自裁を求める文言。

凍りついた陸人皇帝を眺めながら、橘翁は如何にしてフロンティア側に対処するかを考える。

書状の御手から推察するに、相手はなかなか思慮深い方のようだ。当たり障りない季節の挨拶から始まる手紙は、歯向かうならば首を洗って待っていろという辛辣極まりない趣旨を言外に含んでいる。

非常に冷静で狡猾な人物像が、この手紙から橘翁に伝わってきた。

下手な企みは看破されるだろう。せめて民達だけでもお目こぼし頂かなくては。

こうして橘翁は、あとの始末を皇帝と他の重鎮に任せ、やってくるフロンティア一団を歓待すべく、自ら出迎えに立ったのである。

魔物を率いて威風堂々と馬車から降りるフロンティアの人々を見て、橘翁は神妙に眼を細めた。

けっして不興を買うわけにはいかないと固く心に銘じる。

そんな橘翁の心情を余所に、払拭出来ない恐怖で内心に滴る汗を必死に拭う宮内人達。

色の抜けた顔を通り越して顔面蒼白な彼等に舌打ちし、橘翁は恭しく小人さん達の前に進み出ると中へ先だってくれた。

「御案内いたします」

言葉少なな橘翁に従い、皇城に足を踏み入れた千尋は、目の前の群像に軽く眩暈を覚える。

大きく開かれた扉を抜けた先には、だだっ広いホールとひしめくように並ぶ多くの人々。その誰もが床に張り付くように蹲《うずくま》り、長い通路の左右にずらっと並んでいたからだ。見るにたえない醜悪な光景。

「……強者にはへりくだる。こういう国なんですよ、ここは」

「ふぅ……ん。過去の記録じゃあ、随分と強気な大言壮語を吐く国って記されてたけど？　百聞は一見に如かずだねぇ？」

キルファン側にすれば最上級の出迎えなのだろうが、フロンティア側から見たら民を圧する虐待にしか映らず、白眼視の対象である。

如何ともしがたい文化の差は、未だ双方に深い隔たりを造っていた。それをさらに深く穿ちながら、今日という日を迎えてしまった両国。

砂を噛むようなエラブスターの口調に頷き、ロメールも唾棄するような眼差しで周囲の人々を見渡していた。

……気持ち悪いな。

そう頭に過らせながら、千尋は数人の騎士らとモノノケ達で幾つかの組を作り、それぞれに指令を与え、自分は本隊である大勢の騎士達と共に奥へと向かった。

「城の制圧はモノノケ隊に任せて、うちらは皇帝陛下の御尊顔でも拝みにいこうか」

モノノケ隊?

首を傾げるロメール達に、小人さんは道すがら、さらっと説明する。

普通の魔物と森の主の一族は全くの別物だ。森の主は神々から贈られた大地の庇護者達。だから千尋は総称を分けたいと常々思っていたのだ。

「森の主の一族とか仰々しいでしょ? もっと軽く親しみをこめてさ、モノノケって呼びたいの」

「モノノケってのは? どこの言葉だい?」

「ここ。キルファンにあると思う。物の怪と書いてモノノケって読むの。魔物とよく似た想像上の生き物の呼び方なん」

妖怪や妖精。精霊や幽霊など、地球で長く親しまれる怪かし的なアレコレを思い出して、にまっと顔が弛む小人さん。

そんな幼女を不可思議そうに見下ろし、ロメールはとんとんと指先で己の頬を叩いた。

ホント、君って謎な生き物だよね。普段から博識なのは知ってたけど、キルファンの文化や知識にも精通してるとか。……まあ、良いけど。

ロメールの微笑みがそこはかとなく深まる。だが巧妙な彼の笑みの真意に気づく者はいない。

そんな他愛もない雑談を交わしながらやってきたフロンティア一行は、宮内人らに石造りの建物の大広間へと案内され、玉座に座る女性を呆れたような眼差しで見上げている。

　ホント、なんなん？　アレ。

　訝しげに見上げる幼女に微かな怯えを見せつつ、玉座の女性は立ち上がって千尋の前まで来ると、慌てて膝をついた。うなじが見えるくらい深く頭を下げたその白い首はカタカタと小刻みに震えている。

「……日渡……桜と申します。今回の不出来は、全てのわたくしの責。どうか寛大な御裁可を」

　唖然とするフロンティア一行。小人さんは、ひしめきあうように左右で居並ぶ人々を見渡し、その中から数名を呼んだ。

　ちょいちょいと手招きする幼女に、思わず固まる人々。

「そこの人。そう、黒い服の。あと、そっちの人と、その右隣の人。こっちに来て」

　見るからに幼い子供の指示に戸惑いながら、言われたとおり前に進み出る三人。その三人に剣呑な眼差しを向け、小人さんは辛辣な口調で言葉を紡いだ。

「この人が皇帝陛下で間違いないの？　アタシが聞いた限りじゃ、陸人とかいう男性だったはずなんだけど？」

　途端に周囲が大きくざわめく。

　呼ばれた三人は、眉を寄せて苦しそうな顔をした。何度か唇を動かしはするが、言葉にならないらしい。

そしてそこへ突然、空気を読まない馬鹿野郎様が飛び出してきた。

「皇帝はその方です。間違いございません。如何様にもなさいませ」

ニヤニヤと下卑た笑いを浮かべる男。四角い顔で弧を描く細い眼。ロメールの瞳が陰惨に煌めき、すうっと細められた。

同行してきた橘翁も、信じられない展開を見て絶句中。

何ということか。責任から逃れ、保身に走るなど賤しいにも程がある。しかも身代わりまで立てて。

だがしかし、きっとフロンティアは謀《たばか》れない。件の書状から、橘翁は正面に立つロメールがフロンティアの代表なのだろうと予想していた。

醸された高貴な雰囲気。何よりも冷徹な切れる眼差し。この御仁に拙い謀《はかりごと》は通用しないだろう。

意気消沈して顔を俯けた橘翁の予想どおり、ロメールは、それとは分からない形の最後通牒を大広間に投げ掛けた。

「それでは人々の声を聞こうか。この女性が皇帝陛下であり、その裁可を望む者は一歩前へ」

声高な彼の言葉に従い、ざっと音をたてて広間にいた人々の半数以上が前に出る。自身の死刑執行書にサインする行動だと気づきもせずに。

そんななかチラホラしていたのは、まごまごしてどうしようか悩む者や全く微動だにしない者。

それらは全体の1／10にも満たない。

だが、それで十分。

にや～と人の悪い笑みを浮かべ、小人さんは呼び出した三人を含めて前に出なかった者らを別室に移動させた。

なぜなら件の三人は、目の前の光景に対して、あからさまに苦虫を噛んだ顔をしていたのだ。感情を隠せないのは貴族として落第と言われるが、千尋個人としては好感が持てる。

どんな場所にも、心ある者はいるのだ。

良識あると判断された少数派を別室に移し、幼女は不敵な顔で大広間を一瞥した。

「さて、話を続けよう。皇帝陛下。貴殿方の犯した罪は大きい。過去を蒸し返す訳ではないが、永きに亘りフロンティアは多大な迷惑を貴国より被ってきた。改善を望み不可侵を結んだにもかかわらず、このていたらくだ。どう申し開きする？」

ロメールの言葉には一抹の温かさも感じられない。だが、そんな相手の様子を察せもしないのか、件のちゃちゃを入れてきた男は薄ら笑いを浮かべ、揉み手をするように大きく頷いてみせた。

そいつにチラリと目配せされ、皇帝だと名乗った女性が身体を強ばらせる。

「如何様にも処罰ください。わたくしめの首が御望みならば、差し上げます」

震えつつも気丈に宣う女性。目の前で展開される茶番劇に呆れ気味な嘆息を漏らし、小人さんは腕を一閃させて声高に叫んだ。

「この部屋にいる全ての者を拘束せよっ!!」

その言葉に力強く頷き、フロンティア騎士団は立て続けに封じ玉を割り、即座に魔法を放つ。封じ玉の中身は無数の縄。彼等はそれを操り、瞬く間に広間の中の人々を縛りあげた。

暴徒を鎮圧する用の捕縛術である。魔物の群れにも有効で、騎士団は多くの生き物を無力化させることに慣れていた。だが、キルファンの人々には何が起きたのか分からない。あっという間の出来事だった。

突然の事態で広間の中は、縄でぐるぐる巻きにされた芋虫だらけ。そんな彼等の阿鼻叫喚な隙間をちょこちょこ歩き回り、にんまりとほくそ笑む幼女様。

「この女性が皇帝であるのだと認める貴殿方は、当然、皇帝陛下に殉ずる気概をお持ちなはずだ。ここの面々を断罪し、それをキルファンへの処罰とする。否やはないね？」

「な……っ」

驚愕一色に染まった室内で、空気を読まなかった馬鹿野郎様が再び声をあげた。見苦しく眼を剝いて暴れる男。

「皇帝に処罰が下るのではないのかっ？　何故、我々まででっ」

ジタバタと芋虫のようにのたうつ男を切れるような眼差しで睨《ね》めつけ、小人さんは残忍に口角を歪める。不均等に上がる口角が、獣のような彼女のどす黒さを深めていた。

「フロンティアを謀ろうとしたからだよ。馬鹿にしてるの？　頭をすげ替えただけでなく、偽物立てるとか」

動揺していた芋虫どもが、揃って言葉を失い絶句する。

全てバレていたのか。

そんな顔全面で物申す輩達を、呆れたかのように生温い顔で見渡すフロンティアの面々。

分からいでか。

こちらも顔全面で、愚かな陸人皇帝の謀を嘲っていた。

辛辣極まりない騎士達の様子。ようやくそれに気づいた芋虫どもは唖然とし、誰一人として小人さんから視線を外せない。

その中で、一人、結わえられていない女性が、千尋の目の前で崩折れる。ガタガタと大きく震え、彼女は床にへばりつくかのように平伏した。

「……申し訳ありませんでした。皇帝陛下の御命令に抗えず……。口の端にのぼらせる謝罪の言葉もございません」

怯え固まる女性を見つめ、小人さんは騎士団に向かって軽く顎をしゃくる。すると広間を埋めるように並んでいた騎士達の中央が割れ、そこから、しずしずと桜が現れた。

しゅっと背筋を伸ばし、見事な青紫の着物を身につけ、高く結われた黒髪には上品な簪《かんざし》と組紐の髪飾り。見るからに艶やかな出で立ちと美しい顔《かんばせ》。

周囲にいたキルファン人とも一線をかくす神々しさに、部屋の中が、シン…と静まり返る。

そして桜は小人さんの前の女性に近寄り、顔を上げさせた。

「無体な事をされたね。さ、立ちなさい」

顔を上げた女性は、眼前の桜を信じられない面持ちで凝視する。

その顔は安堵とも絶望ともつかない複雑な雰囲気を醸していたが、小人さん達が見守るなか、一瞬で弾けるような歓喜に彩られた。

花が綻ぶかのように、喜色満面の笑みで桜の腕にすがりつく女性。

「桜様ですか？　本当に?? あの…っ、覚えておられるかしら…、わたくし、椛《もみじ》です」

「椛？　いやっ、大きくなりりんしたね。分からなかったわ」

ぱあっと明るい笑顔を浮かべる二人。どうやらこの女性は桜の知己らしい。ならば桜に任せて構わないだろう。

そう一人ごち、小人さんは広間に横たわる無数の芋虫達を冷たく一瞥する。

「さってと。陸人皇帝陛下は、どちらかな？　偽物の皇帝でフロンティアを欺こうという痴れ者は？」

絶体絶命。それを覚《さと》ったのか、幾人かの芋虫が同時に同じ場所へと視線を振った。当然そこには、先ほどからチャチャを入れてきた馬鹿野郎様が転がっている。

立ち上がった女性を連れて小人さんの横に来た桜も、辛辣な眼差しでその男を見下ろした。

「兄上。愚かにも程がありましょう。情けない」

心底呆れたかのように軽く首を振る桜を見つめ、陸人皇帝はしきりに眼を泳がせる。

「誰かあるっ、この者らを捕らえよっ、余を助けぬかっ!!」

だが、どこからも、誰も来ない。

小人さんの指示を受けて動いていた少数組。彼等によって、既に皇城は無数の魔物らに制圧されていたからだ。知らぬは広間の人々ばかりなり。

ほくそ笑む幼女をおぞましげに見据え、桜の兄は全身を粟立たせる。

こういうのも、もう遅いとか、ざまぁになるのかな？

ラノベ定番のフレーズを思い出して、事実は常に小説の上をいくものだと、一人納得する小人さんだった。

フロンティア一行がやって来た時には快晴だった空は、この国の行く末を表すかのように、どんよりと曇り始めている。

「さってと、どうするかなぁ。まず、責任者として陸人皇帝の首を刎ねるか、吊るすか。どっちが御好みかな？」

途端、悲鳴をあげて馬鹿野郎様が飛び上がり、逃げるつもりなのか、もぞもぞと蠢いていた。

アホか、こいつは。

じっとり眼を据わらす小人さん。

他のフロンティア勢も同じ気持ちなのだろう。何も言わずに、ジタバタする桜の兄を踏みつけた。

急展開過ぎる悪事のアレコレをやらかした馬鹿野郎様に容赦は必要ない。

せっかくの親子水入らずを邪魔してくれたんだもの。八つ当たりくらいは許されるにょん。

それを差し引いても陸人のやらかした事は眼に余る。余り過ぎて目玉が溺れる大惨事だ。

沸々と沸き上がる怒りに圧され、殴り書きのような筆圧でガリガリと書類を書き込む小人さん。

「あとの連中は犯罪奴隷として強制労働かね。下手に収監したり、罰を与えたりしても税金の無駄遣いだし」

「そうだね、それが無難かな。鉱山あたりはいつも人手不足だから助かるよ」

ペンを片手に、さらさらと書き物をする幼女。傍らに立つロメールと併せて、まるでお絵描きでもしているかのような錯覚を起こす微笑ましさだが、その内容はとんでもなく物騒である。

一通り書き終えてから小人さんは書面をながめて小さく頷き、ちょいちょいと桜を手招きした。

桜も書類を確認してから流暢な漢字で署名する。椛に玉印を用意させ、それを捺し、今回の顛末を記した書類が完成した。

一連の成り行きを見守っていたキルファンの人々は、己の死刑執行書が完成されたことを理解して絶望に顔を歪める。

だがそれに気づいた桜は残念そうに眉を寄せた。如何にもな呆れ顔で。

「あらやだ。わざわざ、私に権力を下さったのだもの。これくらいの意趣返し、想像もしておられなかったのかい？　とんだ、間抜けだね」

クスクスと嗤う桜。

国に怨みはないが、そこに巣くう毒虫どもには怨み満載の彼女だ。永きに亘り桜を蝕み、最愛の恋人を殺された憎しみは底知れない。

それを晴らせる千載一遇のチャンス。これを逃すほど、桜は御人好しではなかった。

ロメールも得心顔で頷きつつ、少し皮肉気な瞳で桜の兄を見る。

「処刑は毒杯にしないか？　見せしめはいらないよ、たぶん逆効果になる。国のために犠牲になった皇帝として美談に持ち込もう。業腹ではあるが、後々の面倒がなくなるから」

唾棄するかのように眉を上げるロメールを見て、致し方無く小人さんも頷く。悪辣な暴君であれど、礼儀を欠けば人心に蟠《わだかま》りが残るだろう。

ましてや、フロンティア側は侵略者にも等しい立場である。余計な怨みは買わない方が良い。

こうして皇帝自決用の毒杯が用意された。

厚手のグラスの中に揺らめく薄い緑の液体。酒で割ってあるのか、強い酒気が小人さんの鼻腔を刺激する。

「やめろぉぉおっ！　やめてくれぇぇっ!!」

涙と鼻水でぐしゃぐしゃな顔を歪め、死に物狂いで暴れる皇帝陛下。芋虫状態でよくぞそこまで跳ねられるなと、妙な感心をする小人さん達。

正直千尋は、こういった事に慣れていない。誰かを処刑するなど現代人なら無縁な行為だ。なのになぜか冷静な自分がいる。

無縁ではあったが、こういう処置をすべきだろうという事象は前世で何度も目にしてきたから。

情状酌量とか、前後不覚や精神的疾患を理由に、野へ放たれる犯罪者達。更生を願い、周りから労われ、至れり尽くせりで巷を泳ぐ痴れ者ども。

何人もの命を奪っても、責任能力がないなどという、謎な理論で無罪とされ、再犯に及ぶ人間の屑ら。

殺された犠牲者らは何をされようと取り返しはつかない。死んだら終わりなのだ。ソクラテスは正しい。

人間は過ちを犯す生き物である。事故や過失もあるだろう。そういった人々は後悔して罪を償う。なのに、人としてやってはならない事を犯した上で犯罪に至る者の如何に多いことか。そして、そういう輩に限って、責任能力がないなどというふざけた理論を発生させるのだ。

飲酒運転は禁じられているのに、なぜ呑む？　あまりに当たり前で起きる事故。これは過失ではなく、確信犯だ。酒を呑んでも自分は大丈夫だと盲目的に己を正当化する。何を根拠にしているのか、全く分からない。

さらには麻薬や覚醒剤などの服用で罪から逃れられる謎。それらの使用自体が犯罪だろうに。起きるべくして起きた二次被害がどれだけあったことか。

……なのに、法は奴等の味方をする。

前世で憤った数々の犯罪を思い出して、千尋は陸人を見つめた。

蛇蝎《だかつ》を見るがごとき眼差しが陸人を貫き、殺気の刃に串刺しにされて彼は動けない。今動いたら、このまま奈落に呑み込まれそうな錯覚が陸人の心を縛り付けた。

小さな身体から吹き出す恐ろしいほどの殺気。それに気づいたロメールや騎士団の面々は、慌てて陸人を押さえつけ、その口を無理やりあけさせた。

不味いっ！　小人さんが本気だっ!!

このままのていたらくな事をしていたら、幼女自ら手を下しかねないと察した騎士達は、小人さんの中に渦巻く厭悪を正しく理解する。

実際、醜い悪足掻きを披露している陸人に、千尋は怒り心頭。許されるなら、己の手で縊り殺してやりたい気分なのだ。

そんな小人さんの殺気で固まった陸人を押さえつけ、騎士達が無理やり毒杯を飲ませようとした、その瞬間。

しばらく前から皇宮上空で渦を巻いていた暗雲から、一対の稲光が放たれる。

それは城の屋根を突き抜け、今にも処刑されそうな陸人のいる広間へと穿たれた。

びっしゃあぁぁぁんっと轟く爆音とともに落ちた雷は人の形をした光。まるで陸人を守るかのように立ちふさがる一対の神々しい光に、人々は言葉を失う。

もうもうと上がる土煙を背景に、光《ソレ》は宥めるような優しさを醸しつつ、小人さんを見下ろした。

《これを処分されては困る》

頭に直接響く厳かな声。

その神々しい二つの光の形を認識した途端、周囲の人々は思わず凍りつき、ざっと音をたてて平伏する。麦太やポチ子さんらすらも顎を床にペッタリとつけていた。

訳も分からず困惑気に首を傾げた小人さんを見て、ロメールがポンチョの裾を強く引く。

「チィヒーロ、膝をついて！　あれにおわすは、創造神様だっ」

小人さんは軽く瞠目して、目の前の光を見上げた。

これが？　そういえば習った歴史の中に出てきたっけ。メルダの昔語りにも。神々は目映い光なのだとあったな。

アルカディア聖信教でも教えられ、崇められる一対の光。それが今、目の前にいた。神々しい二本の光。

その光は数度瞬き、柔らかい声音を響かせる。

《良い。エイサは大切な客人。我等と同等にある。そのままで》

エイサ？　客人？　何のこと？

訝る千尋に一対の光は申し訳無さげに瞬いた。なぜか分かる、光の機微。

《これがそなたらの国に迷惑をかけた。しかし我等はこれを失う訳にはゆかぬのだ。堪えてはくれまいか》

「やだ」

むんっと仁王立ちして即答な小人さんに、広間の空気がピシリと凍りつく。何気に我が物顔の幼女様。マイペースな彼女の行動、言動に、大広間の人々は滝のような汗を滴らせた。

待って待ってっ！　創造神様だよっ？　百歩譲って拒否するにしても、間髪おかず即答は無いでしょっ!?

動転するロメールの脳内は、周囲の困惑をも代弁している。

しかし、ミシミシと音が聞こえそうなほど固まった広間の空気を、当の本人である神々の柔らかな笑いが打ち砕いた。

いかにも愉しそうな神々の声。

《ならば代案を出そう。これを見逃してくれるなら、そなたの願いを全てかなえる。如何？》

神々が譲歩する??

会話の内容が伝わっているのだろう。フロンティア人もキルファン人も、眼を限界まで見開き、固唾を呑んで事の成り行きを見守っていた。

そんな周りの驚愕を余所に、小人さんはあからさまな渋面で膨れっ面。

うーん、アタシを害する気はないみたいだね。どうしても、この馬鹿野郎様を助けたいってか。

でも、なんかおかしい。こいつ、桜に全く似てないし。本当に兄妹なのかな。桜でなく、こいつを庇う理由って、何さ？

難しい顔で思案する小人さんの頭を、そっと神々が撫でる。それは子供をあやす母親のような仕草だった。

《我々は大きな間違いを犯したのです。この国は、その間違いを正すために作られた贖罪の土地。これ以降、この国から船を出す事は禁じましょう。ここは箱庭でなくてはならないのです》

切なげな神々を見上げ、小人さんは不思議な感覚を覚える。以前にも何処かで似たような事があった気がした。何処でだったか。

しかし、摑めそうで摑めない不可思議な感覚を振り払い、小人さんは現実を見据える。

「わかった。そいつに手は出さないかわりに、他を貰うよ。この国にいたくない、逃げたいと思っている人々全てをフロンティアに移動させれる？」

思わぬ小人さんの言葉に、神々だけでなく、広間の人々全員が疑問符を浮かべた。それを無視して、さらに小人さんは続ける。

「それと、キルファンの生産物、全種類をフロンティアに譲渡する事。毎年、生産量の１／10を貰う。キルファンが船を出せなくても、フロンティアから来る分にはかまわないよね？」
薄く笑みをはく幼子に、神々は天を仰いだ。
《なるほど。借り物とはいえ、さすが地球の神々が推した子だ。侮れぬ》
そして彼等は微かに頷き、肯定を示す。
《それは我々も望むところ。好きにするが良い》
「じゃ、神様なんだから、今までの会話をキルファン全域に伝えてよ。出来るよね？」
ウキウキと次々丸投げする小人さんに、一対の双神は苦笑した。なぜか笑ったのだと分かる謎。
《伝えるまでもない。この会話は最初から全てキルファン全域に伝わっている。先程の会話を聞いて、法治国家であるフロンティアに行きたいと、多くの民の懇願が届いておるわ。けっこうな人数だが、よろしいか？》
思わず、するりと表情が抜け落ちた小人さん。それを見て、神々はしてやったりと笑う。
《次に逢うときは終わりの時であろうが、息災であれよ、エイサ》
そう言い残すと彼等は一陣の光となり、天高く吸い込まれていった。
いやいや、天井に穴が空いてるんですが？　鎔《と》けたように綺麗な穴だけど、床も焦げてるし？
どーすんのさ、これ。
茫然としたまま神々を見送り、青空を振り仰いで立ちすくんでいた千尋は、ふと多くの視線を感じて振り返る。

そこに並ぶは、驚嘆の瞳。

一つ残らず、畏怖とも恐怖ともつかぬ眼差しを小人さんに向け、じっとガン見していた。

あ～、事情は分からないけど、やらかした感満載だなぁ。神々ェ……。

そっと視線を逸らし、思わぬ事態に狼狽える小人さんである。

……合掌。


「うわあぁぁぁーっ」

昨日の出来事など、まるで何もなかったのように平穏なキルファン帝国。そこを駆け回る小さな子供。

言わずと知れた小人さん。

懐かしい地球世界の雰囲気を持つキルファンの帝都に、幼女様は興奮ＭＡＸである。

あの後、色々ありはしたが、その全てはフロンティアの力業で事なきを得た。得たというか、元々この国は瀕死のようなモノだったので、ある意味、歓呼で受け入れて貰えたのだ。

少数の貴人が贅沢の限りを尽くし、陰惨な暴力や理不尽が蔓延るお国柄である。権力がモノをいい、持たぬ者は踏みにじられ続けて幾星霜。

長く積み重ねられた怨みつらみが爆発し、あの一件で芋虫にされた者らの断罪に、涙を流して喜ぶキルファンの民達。強いたげられていた女性らはもちろん、優位にある男性達とて例外ではない。

女性の不遇は男性達の無理解からくるものだが、民の不遇は権力者らによるものだ。女性達とは違うベクトルで、身分の低い男性らもキルファンという特殊な国の理不尽に振り回され、命に関わるレベルで翻弄されていたのである。

現キルファン政権の没落に、肩を抱き合って号泣する人々。抵抗どころが、喜びの涙で迎えられたフロンティア一団こそ、訳が分からず狼狽えた。

「おかしくはないかい？　我々は敵国の人間だよ？　君ら正気かいっ？」

あからさまな困惑顔でオロオロするロメール。フロンティア騎士団一行すらも揃って絶句させた一幕を思い出し、小人さんは苦笑する。

まあねぇ。敵の敵は味方ともいうけど、キルファンにとっては、それ以上に救いの主だったんだろうなぁ。

どん底で諦め、達観していた人間らに降って湧いた幸運。野蛮な権力者達だけが心地好い国など、その内情は知れている。彼等の高笑いの陰でどれ程の人々が無慈悲に擂《す》り潰されきたことか。

塵芥のごとく扱われてきたキルファン人にとったら、真っ当に国民の権利を認めるフロンティアが天国に見えることだろう。

音に聞く法治国家。国民として義務を果たす者には、その自由を認めるという一文だけで、キルファンの人々は眼を見張る。これは他の国でも同じだった。

貴賤の是非は何処の国にもあり、むしろ殆どの国が身分至上主義といっても過言ではない。ただ、キルファンのように男性優位のパワハラモラハラがない程度で、文明的な観点から言えばキルファンを上回る蛮族らの巣窟だ。

そんなアルカディア事情で、唯一無二といってもよいフロンティアの超越した司法。率先して王族もが従う法律に、物申せる輩は誰もいない。

羨ましいを通り越して、憧れの羨望がキルファンの人々から向けられるのも致し方無し。それだけこの世界は酷い選民思想なのだ。

新たに造られる新生キルファン王国は、フロンティアの後ろ楯もあることだし、きっと住み良い国になるにょん。

そんな事を考えながら、喜色満面で走り回る小人さんと転ばないように肩に張り付くポチ子さん。

その背後についていくのは、ドルフェン率いる護衛隊&モノノケ様方。

駆け続ける幼女は、ときおりポチ子さんにぶら下がって休憩し、目指す場所に着くと再び地面を蹴る。まるでウサギの如く跳ね回る。

「チヒロ様っ？　もう少しスピードを……っ！」

移動速度がモノノケ基準なため、護衛騎士らは追い付けない。ようよう追い付いたと思えば、すぐさま他へと飛んでいく幼女様。ギリギリ追い縋るドルフェンの遥か後方で、小人さんの護衛騎士達が顎を上げて蹲っていた。

それでもフラフラと千鳥足で後を追う者もいて、暴れる千尋の周りは若干カオス状態。

そんな光景にドン引きし、キルファン帝国の人々は、怖々と遠目でフロンティア一行を窺っていた。

ここは農園。キルファン帝国でも一際大きな農場を、小人さんは縦横無尽に走り回っている。

そこらじゅうを飛び回り、幾つもある大きな穀物倉を覗くと、一面に保管され積まれた麻袋の数々に相好を崩していた。

唸るほどに備蓄された袋の中身は各種穀物。米はもちろん大豆や小豆、大麦、小麦。干物も干瓢や椎茸、鰹節や昆布、他etc.

かつて小人さんが夢見ていた宝物が、ぎっしり詰まっている。

武骨な倉庫の中身に、うっとり恍惚とした眼差しを向ける幼女様。夢心地な千尋の姿に、言葉もないドルフェンら一同。

……そこまでですか？

顔には出さないものの、肩で息をしつつ疑問符だらけな護衛騎士達。モノノケらは何も考えていないらしく、小人さんが嬉しいならそれで良いとまでに賑やかに跳ね回る。

「うわぁぁぁ……っ」

もはや他に言葉が出ないらしい。言語中枢の麻痺した小人さんを視界におさめて、思わず苦笑するドルフェン達だった。

赤米、黒米、白米。小麦、大麦、蕎麦や大豆。麻袋に付けられた札に書かれた中身の名前を見て、によによの止まらない小人さん。

あちらこちらへと、かっ飛んでいく千尋に、四苦八苦するドルフェン達へ気の毒そうな眼を向ける農園の人々。

そんな一行を微笑ましく見つめ、つと声をかける者がいる。

「喜んでいただけて光栄です。いくらでもお持ちください」

好好爺な眼差しで柔らかく微笑むのは、出迎えに来てくれた白髪交じりな老人。橘翁。正確には名前を橘均《ひとし》といい、彼は長く皇城に勤める翁の一人だ。

キルファンには皇帝を筆頭に五人の摂政、十二人の翁がいる。それぞれに役職があり、橘翁の担当は後宮の管理だった。

そして知らされた後宮の裏側。即位した皇帝にのみ明かされる秘密。陸人皇帝は暫定であったため知らされていなかったという。

その話によれば、なんと陸人と桜に血の繋がりはない。

今の皇帝一族は、ほんの二百年ほど前に入れ替わった別の一族だったのだ。血で血を洗う簒奪が当たり前の国なため皇帝の一族が入れ替わるのも珍しいことではない。

古代の中国や戦国時代の武家も、そんな感じだったしね。うん。

ただここで一つ違ったのは、本来なら根絶やしにされる筈の前皇帝の一族が生かされた事。

女性が生まれにくくなっていた皇族に新たな血を継承させようと、前皇帝の血統を維持し、尋ね人専用に番《つが》わせる裏の後宮が秘密裏に営まれていたのだという。

もちろん、そこで生まれた姫は当然のように現皇帝に奪われ、時の皇帝かその皇子に娶《めあわ》せられる。

桜も、そういった姫の一人だった。

ある意味、人間牧場。姫以外の男児の行く末は御察しだろう。

……反吐が出る。善からぬ人間の考える事ってのは、どうして、こうも判を押したかのようにえげつないのか。

続く橘翁の説明によると、桜の母親は既に亡くなっていた。昨今のキルファン皇族女性の出生率低下は著しく、尋ね人の訪れが数人になった今、裏の後宮も機能していないらしい。つまり桜は、正当な前皇帝一族、最後の姫なのだ。

父親は桜が毛嫌いしていた前尋ね人。万魔殿を作った御仁である。皮肉にも程があるだろう。

なので小人さんは、密かに知らされたこの話を心の中に仕舞いこんだ。

因縁の軛《くびき》からようやく解放された桜に、新たな哀しみや絶望を与える必要はない。橘翁もそれに同意してくれた。

そして聞いた話を千尋はスパっと忘れて、今は欲望の赴くまま徘徊中。桜も、気になる親族らに面会に行きたいと言うので、護衛をつけて別行動。

ちなみにロメールは、今後の折り合いをつけるため、政務や財務を司る摂政らと皇城で缶詰めになっている。

捕らわれた主の子供らは最低限の魔力を魔法石から与えられていたらしいが、生きられるギリギリな魔力しか貰えていなかったようで、力なく港に繋がれているのをツェットが見つけ瞬間沸騰。

怒り狂ったツェットによる大災害勃発寸前という一幕もあったが、小人さんの魔力ですぐに癒し、事なきを得た。

しかしツェットの怒りは未だに燻っており、海岸沖で盛大に気炎を吐いている。

そんなこんなでてんやわんやなフロンティア陣を余所に、一匹の蜜蜂がふよふよと中庭へ向かった。確たる方向に向かっていく蜜蜂を見つけ、小人さんは首を傾げる。

ん？　どこ行くのかな？

不思議そうな幼女が後をついていくと、そこには若い男性がおり、やってきた蜜蜂に満面の笑みで何かを蹴る。

それを頭で受け取り、蜜蜂と男性は遊び始めた。端から見たら、何とも長閑な風景だ。

ひとしきり蹴鞠を堪能した二人は、青年が懐から取り出した何かを口にしながら、まったりと寛

ぐ。竹水筒を傾けて蜜蜂に飲ませる烏帽子の男性。

恐れも邪気もなく微笑む青年に、小人さんは眼を見張る。

キルファンは魔物がいないから、蜜蜂らをめっちゃ怖がっていたって聞いたけど。こういう人もいるんだなぁ。

そんなことを考えながら中庭入り口に佇み、覗き込む小人さんの頭に、ふと影がさす。振り返った幼女の瞳に映ったのは、所在なげに立つ十中将だった。

前にアレを見ていた彼だが、未だに目の前の現実が受け入れられないようである。

「……軍関係は解体されて再編らしいので、守衛達も待機なのですが。……アレは理解出来ません」

大広間で小人さん関係の一部始終を見ていた十は、ひょこひょこ歩く幼女を不審に思い、後をつけてきたのだという。

その先にいた尚典と蜜蜂。思わず、うんざりと天を仰いでしまった十に罪はない。

相手は世界を寒からしめる獰猛な魔物だというのに、尚典の楽観さは信じがたい愚行に見えた。恐れ知らずにも程がある。

それでも武人としての職務を思い出したのか、十はしゃがんで小さな王女殿下に目線を合わせた。

「……ここはキルファンです。皇帝陛下の力が失われたとはいえ、なかには思う者もおりましょう。安全とは申せません。僭越ながら、わしが護衛につきます」

相好を崩して笑う男性。

すきっとした彼の雰囲気から、この男性も現在のキルファンに某か思う処があったに違いないと千尋は察した。

だからこそ、これ以上の問題は起こしたくないのだろう。せっかく上手くゆきかけているキルファン帝国の再編に、暗い影を落とさぬよう、彼は幼女に優しく語りかける。

「ささ、皆が心配しておるやもしれません。わしがお送りいたします」

フロンティアの皆の処に戻ろうと十に促され、素直に中庭から離れた小人さん。

そこで千尋が目にしたお伽噺のような光景は、長くキルファン人の間で噂される事になる。モノノケ様は人間の隣人なのだと。

若者特有の好奇心と物怖じのなさで、蜜蜂のハートをガッチリ掴んだ尚典。件の蜜蜂と親密な絆を結んだ彼は、共に長い人生を歩む相棒となる。

……襟の合わせから覗く、懐餅とともに♪

尚典のモノノケ様が特別なのではない。元々、古来昔には、森の主の一族と人間は良い関係を築く隣人だったのだから。

魔物や魔法を知らず、ただの生き物同士として出逢った二人。先入観がないことが功を奏し、尚典は己の好奇心の赴くまま、蜜蜂と交流を始めた。

初見の魔物を、可愛いと思える豪胆さ。他の動物同様、遊ぼうと思った尚典の素直さが勝利した瞬間である。

小人さん同様、モノノケらは美味しい楽しいが大好きなのだ。彼の行動はドストライクで蜜蜂の心を摑んだ。

こうしてキルファンの人々はモノノケに慣れてゆき、この先、多くのキルファン人をモノノケ達が手助けしていくのは他愛のない余談である。

そんなこんなで、一方的な侵略を受けたキルファンでは、そこかしこで様々な悲喜交々《こもごも》が起こっていた。


「ん～？　こんなもんかな？」


小人さんをほっこりさせた中庭の二人を余所に、皇宮はあれやこれやと視察や調整が行われ、キルファンの人々の移動を小人さんがメルダの元に訪れた時されるよう予定が立てられた。

移動希望者は決められた日にちと刻限に、荷物を持って用意しておくようにと周知させる。人のみの移動なため、手にしていないモノは持って行けない。神々からそう聞いたとかで、誰もがいそいそと移動の準備をしているらしい。

あの大騒ぎのあと、小人さんらは別室に移動させた人々から、現在のキルファンの事情を詳しく尋ねた。あの広間にいたという事は、彼等はそれなりに地位のある者なのだろうと。

神々との対話はこちらにも聞こえていたらしく、部屋に入ってきた小人さんに彼等は揃って深々と頭を垂れる。

「桜様をお救いいただき、心より感謝いたします」

「陸人様の浅知恵を阻めず、羞恥に言葉も御座いません」

「余所様の手を煩わせ、恥じ入るばかりに御座います。本当に申し訳ありませんでした」

口々に謝罪を述べる人々。やはり真っ当な人間達だったらしい。

彼等の言葉に軽く頷き、小人さんはこれからの話をする。

縛り上げた者らは犯罪奴隷として連行するが、陸人だけは見逃す約束を神々とした。だが、あの手の輩は喉元すぎればなんとやらで、すぐに善からぬことを企むだろう。

良い手立てはないかと問う小人さんに、摂政の一人だと言う男性が手を挙げた。

「陸人様は皇帝を辞しておられます。既に権力は御持ちでありません。なので、塔の最上階で心安らかに暮らしていただいてはどうかと思います」

したり顔で薄く笑む摂政。国を動かす魑魅魍魎は何処も似たような生き物なのだと、千尋は隣に立つロメールを盗み見る。

塔の最上階て……絶対、安らかには無理だよね？　それ。

にんまりとほくそ笑む小人さん。それに応えるように柔らかく微笑む人々。

腐った連中を連れ出してしまえば、あとは如何様にもなるってか。将来有望。なら、ここで使い潰すのも勿体ないな。正直、キルファンなんかはどうでも良い。

にっと口角を上げ、幼女は部屋の中の人々を見渡す。

「あんた達もフロンティアに来ない？」

しばし瞠目し、難しい顔をするキルファンの面々。しかし次には軽く首を振り、とつとつと絞り出すように言葉を紡いだ。

「歪んで腐り果てておりますが……、それでも生まれ育った国でございます。見捨てる訳には」

苦悶に眉を寄せた男性へ、すかさず反論が飛ぶ。

「だが、ここでは正しく政が行われない。人を人とも思わぬ輩ばかりだ。弱き者を救うためなら、逃げ出すのも手かもしれない」

「それを正す事が大事なのだろう？　諦めるのは何時でも出来る。まずは努力すべきではないのか？」

「努力が実る確信はあると？　今を生きる民に、さらなる苦しみを与えるだけで終わるやもしれぬではないか」

やいのやいのと討論する人々。

そうだ、人とはこうでなくては。

今を生きる自分達を客観的に見て、あらゆる側面から可能性を見い出す。善しにつけ悪しきにつけ、考える事は大切だ。それが出来る人材は貴重なのだ。ここにキルファンの良心が集まっている。

「だから、新しくキルファン帝国を……、いや、キルファン王国を作るんだよ」

思わぬ言葉に眼を丸くする人々。それに、にかっと笑いかけ、小人さんは詳しく話を進めた。

アルカディアは広い大地に国々が点在する形だ。殆どが荒野や砂漠で、緑の多い地域に国が作られた感じである。

便宜上の国境はあるが、荒野や砂漠を領地と思っている国は少ない。その証拠に、ヤーマンの街で万魔殿が国境の荒野に膨大な農場を作っていても、隣国のフラウワーズは一切関知しない。それを利用して、国境の大きな荒野に新しくキルファンを作ったらどうかと小人さんは提案する。

どうせ遊んでいる土地だ。他の国々も、広大な荒れ地を渡るより、途中に豊かな国があった方が助かるだろう。

「ちょうど良い荒野がフロンティアの北にあるんだよね。緑化や開墾は御手の物でしょ？　やってみない？」

小人さんはテーブルに地図を広げた。

彼の昔の巡礼時に金色の王が作ったという世界地図。以前メルダが『この国の者なら～』と言っていた理由である。

空を飛び回ったんだもんね。上からなら世界が一望出来るだろうけど、よくぞまあ、ここまで見事に作ったもんだにょ。

千尋が広げた地図には、フロンティア北に今のキルファンの三倍はある荒野が横たわっていた。

ここを自由にしても良い。何処の土地でもない地域。

「フロンティアに隣接した部分から開墾すれば難しくはないと思うよ。手助けも出来るしね。どう？」

一から新しい国を作る。なんと魅力的な話だろうか。しかも、碌でもない輩を切り離して自分達だけの楽園を作れる。

好機とは感じつつも、思わぬ申し出に即答は出来ないらしく、しばし時間をくれという彼等に快く頷いた小人さん。

そして彼女は、ただいま本能の赴くまま暴走中。だけど、駆け回りながらも、何かが引っ掛かる千尋だった。

何かを忘れている気がする。なんだろう。

種を蒔いた神様。間違いを正す箱庭……。育てる？　収穫は？

神々は陸人を守り、桜を放置している。そこまで考えて、小人さんは、はっとした。

逆の発想ではないのか？　陸人を捕らえて閉じ込め、桜をキルファンから解放した？

……それに何の意味が？

やっぱ分からないな。

ふうっと小さな溜め息をつき、千尋は散々農場を駆け巡ったあと、しっかり御飯を堪能して眠りにつく。

だがしかし、件の答えは、なんと小人さんの前世の中にあったのだ。

その夜、桜や橘翁の勧めで皇城に泊まった小人さんは、むか〜しに父親から聞いた逸話を夢に見る。

そして眼を見開き、ガバッと起き上がった。

「エイサ……。エースの語源になった俗説のピッチャーの愛称じゃない」

五十七試合中、五十六試合を勝利に導いたという伝説のピッチャー。野球好きな前世の父親がよく聞かせてくれた四方山噺の一つである。

アタシがエイサ。つまりエースってなら……。クイーンとキング。ツェット…。これ、ツェーンの別読みじゃないの?

そこまで筋道を立てた時、小人さんは唖然とする。

確認せねばなるまいとやもたまらず寝台から飛び降りて、彼女はともにベッドで寝ていたポチ子さんに抱えてもらい、皇城の窓から沖にいるツェットのところまで運んでもらった。

いきなり翔んできた小人さんに驚くツェットを睨みつけ、幼女は真剣な眼差しで問いかける。

偽ることを許さない真摯な焔を眼窩に宿す金色の瞳。

「ひょっとして、西方にいる森の主の名前はジョーカーって言うんじゃない？」

問われた言葉を理解してツェットは寂しそうに俯いた。その沈黙が全てを物語っている。

マジかぁぁぁ……。

思わず絶句したまま、小人さんは数多の星が瞬く夜空を見上げた。

どう考えてもこれはトランプの絵柄に準《なぞら》えられている。そして西の森にいる主がジョーカーだというのならば、この絵札はポーカーだ。

共通するのは金色の魔力。それを加味すると千尋や主らは……。

アタシが加わる事で完成する手札か。あざとい真似を。だが、それに何の意味が？

クイーン、キング、ジョーカー、エース、そしてツェット。これはドイツ語読みでツェーン。数字の十を表す。

金色の魔力が共通のシンボルだとすれば、出来る手札はロイヤルストレートフラッシュ。ポーカーでいう最良の一手だ。

神々の手札？　アタシ達が何で？　主の森を復活させるから？　でも……。

目の前のツェットは、これを歓迎しているように見えない。千尋の知らない何かが水面下で蠢いている。

今思えば、クイーンやキングも時折暗い顔をしていた。

ひょっとして、その全てが神々の企みか？　千尋がエースであるなら、この配剤には何かしらの意味があるはず。

「ツェット。何か知ってるの？　教えて？」

ツェットは力なく首を振り、さらに深く項垂れた。

《神々との盟約で、誰にも伝えてはならないのです。たとえ金色の王でも……。まさか、看破されるとは》

物悲しく舌をチロチロさせるツェットを見て、小人さんの脳裏に多くの疑問が浮かび上がる。

いや、神々は気づいていただろう。ポーカーは地球のゲームだ。アタシが知らないと思うわけがない。最後のピースが金色の王である必要性は何だ？　神々は何を隠してる？

怪訝そうに眉を寄せた幼子を見つめ、ツェットは思わず口を開いた。

物悲しげな彼女の雰囲気に滲む、一縷の希望。

《神々の盟約は絶対です。でも…っ、王は、その一角を崩しました。我々は破滅から逃れられたのです》

「破滅??　なにそれ、ヤバいのっ!?」

ぎょっと顔を強ばらせる小人さんを見つめて、ほたほたと涙をこぼし、ツェットは愛おしそうにすり寄ってくる。

《言えぬのです。言えぬのですが……。ありがとうございます、王よ》

子供のようなツェットの頭を優しく撫でながら、小人さんは困惑する。ツェットだけではない。

メルダもモルトも、ふとした時に寂しそうな顔をしていた。

てっきり主の森の衰退を憂いているとばかり思っていたが、このツェットの様子だと別物の可能性が高い。今のツェットと同じで、何かしらを知っていて達観しているのだろうか。

話せない何か。神々が関わる主達の破滅。神々は味方ではない？

すり寄るツェットの頭を抱き締めて、小人さんは力強く囁く。

「ダイジョブ、何があっても、アタシは皆の味方だからね。たとえ神々が相手でもっ！」

沖から浜辺へ移動し、暖かな砂浜でとぐろを巻くツェットを撫でながら、小人さんもウトウトと眠りにつく。


翌朝、いなくなった小人さんを捜して、皇城が大騒ぎとなり、浜辺でポチ子さんを抱き締めて眠る千尋が発見された時、ロメールから大目玉が叩きつけられたのは言うまでもない。

神々の蒔いた疑惑の種は、小人さんの胸中に一抹の不安と暗い蕾を芽生えさせた。

それが花開くのは何時のことか。決して遠い未来ではないだろう。

「あぅ～」


あらかたの後始末をつけ、フロンティア騎士団は帰路へとついた。

各船には、どっさりと農産物が積み込まれ、城でスカウトした人材も八割が新たなキルファンの建国に参加してくれるという。残り二割は皇城に残り、皇城の連中がバカをやらないか見張ってくれるのだとか。

陸人皇帝は予定どおり塔の最上階に閉じ込め、名前だけの皇帝となり、政は残った摂政達が行うらしい。彼等ならば任せても大丈夫だろう。

ようよう一息つく小人さん。

「なんか、疲れたなぁ。お父ちゃんに逢いたいようぅぅ」

ツェットの頭で蜜蜂をクッションにしつつ、小人さんはグダグダと管を巻く。

「君ねぇ……。私の前で、よくもまあ…」

海風に髪をなぶらせ、軽く空を見上げるロメールの眼の下には、たった数日でくっきりと隈が出来ていた。

いや、ごめん。悪いとは思ってるよ、うん。

いたたまれなくなった小人さんは、そっと眼を逸らし、蜜蜂をモフモフする。

あー、気持ちいい。眠くなってきたかも。昨夜、遅くに起きちゃったからなぁ。寝たり……な……。

次には、ぐぅ…と眠ってしまう小人さん。すかさず、ガシッと脇を摑むポチ子さん。それに気づいて、悲鳴を上げるフロンティア騎士団の面々。

周囲の喧騒も、どこ吹く風。鉄壁のモフモフに囲まれて、今日も小人さんは元気です♪

SS. 小人さんの日常

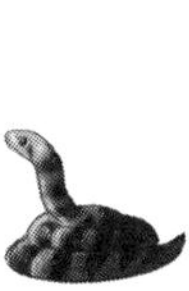

「あれえ？　ザック？　どしたん？」

「ちょっと相談があって」

国王夫妻と和解し、新年の宴も終わってしばらくした頃。冬も最中の寒さに縮こまる小人さんの元へザックがやってきた。

なんでも新たな御菓子について相談したいとかで、何冊もノートを抱え、泊まりがけで教えて欲しいと彼は幼女に頼み込んだのだ。

そういった話は大歓迎。

小人さんはザックを招き入れ、サーシャとナーヤも勝手知ったるザックに厨房を手伝わせつつ賑やかに夕食を終わらせた。

そして深夜。ザックは夕食後の話だけでは足りないとばかりに、小人さんの寝室へ忍び込んでくる。

その行動力に苦笑いし、小人さんも寝台から毛布を引きずり出して暖炉の前に丸まった。季節が季節なので暖炉には魔道具の火が残されている。

それにあたりながら、二人は色々な御菓子の話をした。ザックにも分かりやすいように解説画をつけて。

「さとう?」

「そそ、砂糖。それがあれば、もっと色んな御菓子が作れるのよねー」

カリカリとお絵描きする小人さん。

次々と描かれる色とりどりな御菓子に興味津々なザックは、見たことも聞いたこともない数々の甘味に胸を踊らせる。

その絵の横に大まかに書かれたレシピも珍しく、ザックの口からは質問ばかりが飛び出した。

「焦がしバターって?」

「きゃらめりぜ? え? さとうってのが必要なのか?」

「ざらめ? それも、さとう?」

「……さとう」

小人さんが描いた絵とレシピを、じっと見つめるザック。

色鉛筆で彩色されたカラフルな御菓子はまるで夢物語のようで、それに必須だと言われる砂糖にザックは強い憧れを抱いた。

しかし無いものは無い。

他にも珈琲だとかカカオだとか、見たことも聞いた事もない多くの食材がレシピには書かれている。

砂糖漬けな果物は蜂蜜漬けとは違い、表面が飴状になってその食感も楽しめるのだとか。

どんな感じなんだろう？

想像を馳せるザックの横で小人さんが溜め息をつく。

「作れなくはないんだけどね。蜂蜜からさ。でも、せっかく栄養価が高いモノを、砂糖のためだけに無駄にもしたくないしねー。甜菜や砂糖黍があればなぁー」

製菓に使う砂糖は大量だ。それを蜂蜜から作り出すのは余りに非効率である。メルダからもらった大切な蜂蜜をそんな使い方はしたくない小人さん。

だが蜂蜜を甘味料として使う場合の御菓子は種類に限りがあり、さらには砂糖独特のさらりとした食感を知る小人さんには、蜂蜜独特のくどい甘さに辟易する時があった。

甘味に飢えて爆走してきた今までを考えれば贅沢な悩みである。贅沢な悩みなのだが、そう思えば思うほど小人さんの砂糖への渇望が増していった。

「はぁ……。フワフワなシフォンやスポンジケーキ。キャラメルソースやフルーツコンポートとか。

……食べたいなぁ」

「この、こーひーとか、かかおとかは？」

ティラミスやチョコレートのレシピにある食材。チョコレートはさらに色々な御菓子のレシピの材料にもなっている。

「かかおが、ここあ？　とかの粉末な飲み物になったり、ちょこれーとになったり。ここあと、ちょこれーとは違うのか？」

分からないなりに理解しようと努力するザックが微笑ましい。

こうして御菓子の会話が出来るのも楽しくてザックと小人さんの話は尽きる事なく、二人は長々と一晩中語り明かした。


「一応、貴族の御令嬢なのですよ？　御嬢様は」

翌朝、床に毛布一枚で転がる二人を見つけ、サーシャは大仰な溜め息をつく。テヘペロ的に笑う小人さんと違い、ザックは苦虫を嚙み潰したような顔をしていた。

御菓子の話で盛り上がり過ぎて寝落ちた二人。

泊まりがけで遊びに来たザックは、サーシャが小人さんを寝付かせた後にこっそり窓から入り込み、昨夜の御菓子談義を花咲かせていたのだ。

一度それぞれ寝室に引っ込んだはずなのに、翌朝小人さんを起こしにきたサーシャは、床に転がる二人と周囲に散らばった沢山の落書きに眼を見張り、思わず呆れ返った。

そして今にいたる。

「俺が悪いんだ、御嬢を叱らないで？」

へにょっと背中を丸めるザック。小人さんを抱き締めて、彼は恨みがましげにサーシャを見上げた。

それに小さく頷き、サーシャも難しい顔でザックを一瞥する。

「そうですよ？　でも、それを許したのは御嬢様です。子供とはいえ、家族でもない男性と眠るのは宜しくありません」

孤児院育ちのザックにだってそのくらいの事は分かった。年齢とか関係なく、こうしてザックが抱き締めている事だって本来なら問題なのだろう。

ジョルジェ男爵が元平民なため、そういった事に疎く曖昧なだけ。

知らずぎゅっと力を込めるザックの手をポンポンと叩き、小人さんは彼の胸に凭《もた》れて呟いた。

「サーシャぁ、苛めないのよ？　ザックは家族でしょ？」

ザックの眼が見開く。

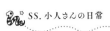

サーシャも困ったような顔をしているが、沈黙したままザックを見下ろしていた。

「え？」

「お父ちゃんがね。一人も二人も同じだって、ザックを引き取ろうって話になってるん」

ザックは初耳だった。

聞けばまだ話の段階で、孤児院院長にのみ打診がきているのだとか。

現在、小人さん印の御菓子販売を独占している孤児院。これに良い顔をしない者も多い。あわよくば大金を稼ぎ出すその事業を横取りしたいと考える不心得者も現れるだろう。

それが身分ある者ならば、孤児院では対処に困る事態が起きる可能性もある。

ジョルジェ男爵が生きているうちは良い。だが、亡くなったら？

そういった場合を考え、ザックをジョルジェ家に引き取り、それなりの教育を受けさせて、ちゃんとした事業の経営者として育てようと言う話が出ているのだと言う。

「引き取られたらザックはアタシのお兄ちゃんになるねぇ」

にしししっと笑う小人さん。

しかしザックは話を聞いて顔を凍らせた。

読み書き計算は孤児院で習っていた。基本的な学力に問題はない。小人さんもジョルジェ男爵も大好きだ。家族になるのだって問題はない。大歓迎だ。

でも、兄妹にはなりたくない。

家族同然と思っている。だけど、兄だとか思われるのは心外だ。許せない。

そんな言葉も知らない年齢のザックだが、それと同じような事を考えて狼狽えた。

「やだ。……俺は俺だ」

ぽつりと呟いたザックに訝しげな顔をしつつも、小人さんは大きく頷く。

「そうだね。ザックが望まないなら、流して良いよ？」

「まあ、我が家では良くある事ですしね。こういった雑魚寝事件も」

散らばった落書きを綺麗に揃えて机に置きながら、サーシャも小さく溜め息をついた。

良くある事？

きょんっと呆けるザックは、小人さんから各人らの寝落ち事件を聞いた。

なんと、ジョルジェ男爵やサーシャとナーヤも、小人さんと話が盛り上がり寝落ちした事が何度もあったのだとか。

寝落ちしても良いように毛布にくるまったりしての事だったらしいが、ジョルジェ男爵はそれが頻繁過ぎて、最近は小人さんの部屋への出禁を言い渡されているとか。

「ザックと同じだよ？　料理のレシピや知らない食材なんかを書き出して、書き留めてとかしてるうちにね」

なんともはや。

呆れ顔なザックに軽くこほんっと咳払いをして、サーシャは二人を朝食に追い出した。

朝御飯を食べながら、幼女は先程の話の続きを教えてくれる。

「サーシャもね。計算の遣り方を必死に覚えてたっけ。基本はあったから九九を覚えて、今は筆算で。大体の計算は出来るようになったにょん」

くく？　ひっさん？　なんだろう？

クスクス笑う小人さんの手を引き、ザックは先程の話を思い出した。

家族同然と言うのは嬉しかった。思わず目の端に朱が走る。

でも兄妹にはなりたくない。兄に見られるのは嫌だ。どうしてそう思うのか分からないまま、ザックは小人さんと朝食をとり終え、何の気なしに手を繋ぎ、王宮の厨房へと向かった。


「お父ちゃーん」

「おう、来たか」

王宮務めな人々の賄いを料理人らに任せ、ドラゴはやってきた愛娘を抱き上げる。

壊れ物を扱うかのように優しい手つき。このゴツい見てくれに似合わぬ繊細な動きにザックは眼を見張った。

さすが王宮筆頭料理人である。数々の見事な料理を生み出してきた腕の動きだ。

「いや、今日の昼に王妃様の御茶会があってな。どうも目新しい軽食や御菓子が欲しいとかで手を貸してもらいたいんだよ」

困ったように眉を寄せる厨房の熊さん。

季節は春を目前にした冬。新年晩餐会や王宮舞踏会も恙無《つつがな》く終わり、城の人々が一息ついて、そろそろ退屈を感じ始める頃である。

そこに湧いた王妃様の御茶会。誰もが期待と好奇心を持ってやってくる事だろう。

だから目玉になる何かが欲しい。そう思うのも人情だ。

「御茶会なのねー。んー」

しばし考え、小人さんは厨房のテーブルに置かれたメモを手に取り、カリカリと何かを書き出した。

それは二種類の温かい軽食。フレンチトーストと、林檎酒を使ったクレープの作り方が書いてある。

「まだ寒さも残るし、温かい物がウケると思うのね。それも目の前で焼くの」

「目の前で？　御茶会でという事か？」

「そそ」

ここは魔法世界。火の気を使わずに熱を得るのも魔法石で簡単に出来た。小人さんが出した提案はライブクッキング。フレンチなどでも良くやられる、テーブル横で仕上げをして出す手法である。焼かれる匂いや出来立ての温かな料理。視覚、嗅覚をこれでもかと刺激して、本来のモノよりも数割増しの美味しさを感じる楽しい趣向だ。

特に林檎酒によるクレープのフランベは、アルコール独特の綺麗な焔が上がる。きっと御夫人方にウケること間違いない。

その説明を聞き、ドラゴも眼を輝かせて頷いている。

「面白いな。やってみよう、練習も兼ねて。ワゴンに携帯用コンロを載せてこい」

興味津々で二人の会話を聞いていた料理人らが、喜び勇んで動き出した。その無邪気な子供みたいな姿を、ザックは呆然と眺めている。

ここでも中心なのは小人さん。ジョルジェ男爵家も常に小人さん中心で動いていた。

大の大人を顎で使う幼女。

固いパンを使って卵液に浸し、それが吸い込まれている間に、クレープを焼いてフランベの仕方を教える小人さん。

ぼうっと上がる焔で、おおっっ！　と驚嘆の歓声が溢れる厨房を、何事かと覗いていく王宮の人々。

辺り一面に甘い香りが漂い、焼けたばかりのクレープを頬張って幸せそうに眼を細める幼女。

やいのやいのと皆も試食して、ザックは渡された皿を無言で凝視した。

少し焦げた部分が香ばしいクレープ。生地だけで何も巻かれていないソレを口にして、思わずザックは目を見開く。

食べた瞬間、ぶわりと口内に広がる林檎の香り。蜂蜜も入れていないのに、こってりとした甘味が舌の上で踊る。

シンプルでいくらでも食べられそうなクレープだ。何より温かい食べ物というのが良い。この寒さの中、温かい食べ物は身体に沁みる。

ほうっと溜め息をつくザックの前で、今度はフレンチトーストが焼かれ始めた。

じゅわっと音をたてて焼かれるパン。バターと卵液が混ざり、辺りに漂う香ばしい匂いが食欲をそそる。

ほんのり甘く漂うのはミルクの残り香か。パンケーキやパウンドケーキとは違う素朴な香りに、ザックの喉が大きく鳴った。

じっくりと弱火で火を通したフレンチトーストを切り分けてもらい、皆、まずはそのまま食べる。

「うっまっ！」

「え？　なにこれ？　パンだよな？」

「は？　外はカリカリなのに、中はトロトロで……。でも、グズグズに崩れもしない。ちゃんとパンだ。フワフワしてるけど。え？　どうやったら、こんなことに⁇」

驚愕で固まる料理人達。

そこで小人さんが残りのフレンチトーストへ蜂蜜をかけた。トロリと滴る黄金色の雫。

「生クリームや、果物のクラッシュを乗せても良いね。デコレーションしだいで千差万別になるのが料理の楽しいところだよね♪」

今なら焼き林檎なんかが良いかな？

ウキウキと語る小人さんと、それを必死にメモへ書き留める料理人達。

教わったモノを完成形にするため練習にあけくれる厨房を後にして、小人さんはポテポテと廊下を歩く。

「ちょこっと寄り道するにょ」

ザックと手を繋いで小人さんが向かったのは王弟殿下の執務室。やってきた小人さんを取り次ぎの文官は笑顔で迎え入れ、ロメールの元へと案内した。


「ああ、チィヒーロ。元気そうだね」

案内された先にいた王弟殿下は書類から顔を上げ、柔らかく小人さんに微笑んだ。

「困り事があるって？」

しれっと問い掛ける幼女様を複雑そうな顔で見つめ、王弟殿下は微かに眉を下げる。

「うん。君の知恵を借りたい」

軽くザックを一瞥して、ロメールは二人にソファーをすすめ、侍従へ御茶の用意を申し付けた。

え？　小人さんの知恵を借りたい？　大の大人が？

言葉を失うザックだが、よくよく考えてみれば、誰もが小人さんに相談を持ちかけていた。大人が幼女にである。

これが王宮の当たり前なのだと、ようやく気づいたザックは思わず固まった。

どえらい人間と関わってしまったのだと、やっと自覚したのだ。固まるザックを余所に、小人さんと王弟殿下は話を始める。

「なん？」

「これ。税の配分なんだけど、ヤーマン側が豊作なんだよね。で、ゲシュベリスタ方面が……」

ずらっと並べられた書類。それに眼を通しつつ質問する幼女。彼女に答えながら、要点を説明する王弟殿下。

ちんぷんかんぷんな二人の会話を聞きつつ、ただ固まるザックだった。

「ありがとう、チィヒーロ。助かったよ。通過税を上げるか。それで値段が釣り合うな」

「変則的なモノだから、次には戻すのを忘れないようにね？」

ザックが所々の話を拾って理解出来たのは、どうやらヤーマンという地方が豊作で農作物がだぶつき価格破壊が起きているらしい。

それを王都にそのまま搬入すると、従来の値段な他の土地の農作物との差額が目立ち、他の土地の作物が売れなくなってしまう可能性がある。

これに直接税をかけては、安く売った豊作農家の負担になるため、買った側に領地を通る際の関税を上げ、王都に着くころには他の領地の作物と差異のない値段になるようコントロールするという話だった。

「関税なら八割は国に納めるモノだしね。結果、国庫が潤うにょん」

「そうだね。豊作様々だ。ありがたいよ」

豊作でも困る事があるんだな。

新たな観点に開眼したザックは、王弟殿下の執務室からの帰り道それを直接小人さんに聞いた。

「過ぎたるは、なお及ばざるが如しっつってね。何事も程ほどが一番。むしろ少し足りないくらいが人間一番良いらしいにょ」

多過ぎても少な過ぎても問題は起きる。ちょっと多いか少ないか。それぐらいが一番だという言葉らしい。

ほどほどか。

「御嬢は何で少し足りない方が良いと思うんだ？」

ほどほどで良いなら、少し多い方が良いようにザックは思った。

しかし幼女は、きょんっと呆けた顔をし、次には困ったように眉を寄せる。

「アタシの私的意見だけどね？　足りないってのは求める人がいるってことなの。世界にモノが回るのを活性化してくれると思うの。でも人が飢えるほどでない、ちょうど良い足りなさが好ましいかな」

余るほど満ち足りてはいけない。小人さんはそう言った。

満ち足りてはいけない。

これもザックの知らない観点だった。

神妙な顔で考え込むザックを見上げて小人さんはほくそ笑む。

現代人の感性だ。中世感バリバリなアルカディアで理解するのは難しいだろう。人は豊かな方が散財し景気が上がる。それも事実だから。

しかしそれは上部だけの事。実際には何処かで割りを食う者が必ずいる。

だから、少し足りないくらいがちょうど良い。

飢えは人を動かす原動力だ。何とかしようと考え、努力する活性剤だ。漠然とだがフロンティアにはそれが足りないと小人さんは思う。

ふとそんな小さな不安が幼女の胸中を過った。

何でだろう？

ザックと並んで首を傾げる小人さん。

この後、大きな世界の波に呑み込まれる幼女は、この時の一抹の不安の理由を目の当たりにするのだが、今の彼女はそれを知らない。合掌♪

いつの間にか王宮の中心にいる幼女。

彼女の波乱万丈な人生の始まりに乾杯♪

神々の黄昏編

～最後の森～

神々の黄昏と小人さん　～神々の正攻法～

《知らなかったのだ》

《それが罪だった》

真白な空間には、重い靄が漂っている。ここは天上界。

神々の棲まう世界は繋がっており、他にも奈落や深淵などの主要な空間は、全ての世界で共通していた。

神々は天上界で暮らし、さらなる高みには神々を生み出した高次の方々がいるという。その存在は断罪でのみ確認され、実際の姿を見た者は誰もいない。

ただ、神々にも下界の人間ら同様に神罰が下ることがあるため、そういった高次の人々がおられるのだろうという憶測が立てられただけである。

たゆとうような靄の隙間を縫って、アルカディアの神々は下界を見下ろした。

かつて八割は荒涼とした砂漠や荒れ地だったアルカディア。硬い岩盤に覆われた大地は水に乏しく、海も狭い。僅かな緑が水辺に身を寄せ合うような過酷な世界。

生まれたばかりで、しかもたった二人しかいない幼い神々では、こんな世界しか造れなかった。

哀しく、寂しく、温度差の激しい冷たい大地。とても生き物が生まれられる環境ではない。

神々の力は信仰があってこそだ。世界を造り、生き物が生まれ、知的生命体に進化して信仰が育つ。そうしてようやく、神としての本領が発揮出来るのである。

幼く、力なき己を嘆き、苦しみ、アルカディアの神々はただ啜り泣いた。

そこへ一条の光。

多くの神々がアルカディアへ訪れる。

彼等は他の世界の神々だと名乗り、新たな世界と神の誕生を祝いにきたと言った。

数百、数千、数万。数多に居並ぶ神々を見て、アルカディアの双神は絶句する。こんなに神々がおわすならば、さぞや見事な世界ばかりなのだろうと。

だが違った。彼等の半数以上はそれぞれの世界の《御先》。神々の選別を越えて金色の魔力を賜り、永遠を得た者らである。

さらにその《御先》には《御遣い》という僕がおり、神々の代わりに世界を見守り、平定するのだとか。

こういった者らが生まれれば神は力を得て実体を持つ。そして多くの祈りや信仰を世界に巡らせ発展させることが出来るのだ。

なんと羨ましい。

生まれたばかりで実体を持たないアルカディアの双神は、羨望の眼差しで他の世界の神々を見上げた。


多くの神々はアルカディアを眺めつつ嗤う。あまりにみすぼらしいく貧相な世界だと。

声ではなく、ぞわりと撫で上げるようにザラザラした嘲笑。

然もありなん。それでも大切な我が世界だ。

多くの神々に嗤われながらも、うっとりとアルカディアを眺める双神。

その嘲笑の渦の中、神の一人が双神に賭けを持ちかけてきた。

命の種を譲ろう。見事、育て上げられたなら全てを譲ろう。

思わぬ申し出に、アルカディアの神々は歓喜で震える。

しかし嘲笑を崩さぬその神は、さらに宣った。もし育てられなくば全てを返して貰うと。

アルカディアの神々は一瞬躊躇したが、次には大きく頷いた。

このままではアルカディアに命の芽生えは期待出来ない。二人は藁にもすがる思いで、件の神からの申し出を受け入れる。

そして与えられた小さな種を大切に握り締め、アルカディアの双神はそれを大地に蒔いた。

その種は大地に根付き、小さな生き物となってヨチヨチ動き出す。心許ない動きに、一喜一憂するアルカディアの双神。

しかし感激で胸が一杯になり、昂る高揚感までは隠せない。

それを卑らしく睨め下ろし、他の世界の神々は各々の世界に還っていく。

ただ数人。《地球》という世界や他の神々のみが、無邪気に喜ぶアルカディアの双神を、痛ましそうに見つめていた。


少しずつ成長していくアルカディアに、幼い神々は夢中になる。

足りないモノはないか。ちゃんと生きて行けるか。ハラハラしながら見守る毎日。

だが数十億年かけて、人類が生まれた時、双神の我慢は限界を迎えた。

本来、神々は世界の理に手を出してはならない。そういう無言の不文律が、そこかしこに感じられる。しかし生まれたばかりの人類は今にも死んでしまいそうなほどか弱かった。

悔しげに潤む双神の瞳。せっかく得た我が子達の苦労を二人は傍観出来なかった。

……守らねば。

こうして主の森が造られ、神々の力を譲り受けた主らが硬い岩盤を割り、水を喚んで風や緑を広める。

そこから、物語は始まった。……アルカディアを滅亡へと導く残酷な物語が。

《神々の理を知らなかったのだ》

《ただの借り物だったのだと分からなかった》

だが、もはや手放せない。愛しい愛しい我が子らを。

アルカディアの双神は、深い後悔に奥歯を噛み締める。

ちょうどフロンティアが建国され金色の環が完成し、数千年のうちに金色の王の伝説が確立された頃。

ようやくアルカディアの双神は取り返しのつかない間違いを犯した事に気がついた。

それは、アルカディアに神々の魔力を与えてしまった事。

恐ろしいことに神々の力に頼り切った大地は全く育たなくなる。本来なら自力で育つはずの大地は、魔力が満たされたことによって魔力に依存し成長を止めた。

何をせずとも豊かな実りを約束された人類は考える事をやめた。

惰性でゆるゆると生きていき、文明の発達も止まり、停滞して人類の暮らしは濁り出す。

見せかけだけの繁栄。虚飾にまみれた世界。薄氷一枚踏み割れば、そこにあるのは貧しい世の混濁だけとも知らず、今を謳歌する純朴なアルカディアの人々。

神々の魔力の恩恵のみで生き永らえているアルカディアの生き物は、いつ滅亡してもおかしくない状況である。

己の犯した罪に戦《おのの》き、愕然と下界を見つめる双神。こんなことになろうとは露ほども考えなかった。

……なんてことだ。我々は道を間違えてしまったのか。

自分達のしでかした愚かな現実にうちひしがれるアルカディアの双神の元へ、賭けをした神が現れた。

うっすらと笑みをはく彼の眼に澱む光。濁った瞳を煌めかせて然も愉しそうに彼は宣う。

賭けは、自分の勝ちだと。

アルカディアの人類は育たなかった。世界は育たなかった。約束どおり全てを奪い去って深淵に落とし、元の世界に返すと。

彼にとっては最初から結果の見えたゲームだったのだろう。生まれたばかりの幼い神々をからかい、弄ぶための残酷な遊戯。

神とは気まぐれなモノなのだ。

悠久を生きる彼等は、常に刺激に飢えていた。まるでカードをめくるかのように、容易く与えもするし、奪いもする。

神の理に疎いアルカディアの二人が、情の移った人類に過剰な手出しをするのは眼に見えていた。

神とは見守る者。助言はしても手は貸さない。それをすれば世界が歪むからだ。

生まれ落ちた世界は一人立ちをし、自らの力で育たなくてはならないのである。もちろん、多少の呼び水は必要だろう。そういった窮地に神託を授けたり、ほんの一人程度なら、時代を担う人間へ加護を与えたりなどの後見は許されていた。

だが、たったそれだけ。それ以上の過干渉は御法度である。

生まれたばかりの神々は、そんなことも知らなかった。いや、知ってはおらずとも、薄々感じていたのだが、我が子可愛さに眼を瞑ったのだ。

結果、予想どおり歪んでしまったアルカディア。

どうしたら良いのか途方に暮れ、アルカディアの双神は賭けを持ちかけてきた神をすがるように見上げた。

元々は貸した命。全ては彼のなすがまま。彼が取り上げると言えば、簡単に奪う事が可能である。

それを見越した上で持ち掛けられた賭けだった。足掻く幼い神々を踏みにじるために。

相手の手札は最上級の決まり手。アルカディアの神々になす術はない。

賭けを観戦していた他の世界の神々とともに高笑いをする、あざとい神を絶望的な眼差しで見つめるアルカディアの双神。

しかし、そこへ数人の神が声をかけた。心ある者は神々にもおわす。遊び半分な苛めにも見えた賭けが公平性の欠くものだと指摘して、彼等は賭けを持ちかけた神を睨み付けた。

まだだ。まだ終わりではないと。

久々の遊びを共有する神々に、《地球》という世界の神は言う。

人類が生まれてまだ数千年。少なくとも一億年は見るべきだ。時期尚早。わざとやっているのだろう？　と。

そう問い詰められ、賭けを持ち掛けた神はバツが悪そうに少し眼を泳がせる。

観戦していた周りの神々も、《地球》の神の申し出に納得を示した。

そして賭けを持ちかけた神は嘲笑いつつも、賭けの続行を認める。どうせ変わりはしないと。

そう吐き捨てて還っていく神を忌々しく見送り、《地球》の神はアルカディアの双神へ手助けを申し出た。

神の理では、本来ならば許されないことだが、《地球》から種として人類を送ろう。いずれ返してもらうが、アルカディアに魔力のない文化を伝授しよう。

まだ遅くはない。魔法のない国を作り、新たな文明を築くのだ。彼の神は宣言している。見事育てば全てを譲ると。これは覆す事の出来ない盟約だ。

神の代行者たる《御先》が生まれれば、こちらの勝ちである。

そしてやや哀しげな顔で、彼等は、魔力を与えた主らの処分を呈する。

主の森は魔力の根元。あれが存在する限り、人類は魔法に依存し成長が望めない。

いずれ種が成長して箱庭を形成した時、収穫のための鎌を送ろう。世界を掻き回し、新たな風を吹き込む元気な鎌を。

その鎌に《神の左手》と《悪魔の右手》を持たせる。創造と破壊を司る神々の力を。これも、いずれ返して貰わねばならないが、世界を動かすに十分な力だ。

《地球》の神の話を茫然と聞くアルカディアの双神。

それは魔物となった森の主らへの死刑宣告である。

今は既に終わっているが、金色の環を作るために金色の王は主らに触れていた。

鎌となった者が同じように触れたら、神々の魔力を持つ主らは《悪魔の右手》に破壊される。

己の都合で生み出し、己の都合で殺す傲慢さ。

耐え難い罪悪感に苛まれつつも、アルカディアの双神は《地球》の神の力を借りて、賭けの敗北を回避するため箱庭キルファンを作った。間違いを正すキルファンの箱庭。事を報せに降りた時、双神は天上で起きた話を主らに伝える。

すまないと、ほたほた涙をしたたらす神々の声。それを静かに聞く主達。

ああ、我々は間違いなのか。正すために滅ぼされなくてはならない異分子なのだな。

己の存在を否定された森の主達は、それでも諦めず森を守り続けた。

あとは、誰もが知るところである。

神々の御心を知りもしないアルカディアの人々。

だが、知らずとも確実に神の真意は伝わり、人々は魔法を捨て、新たな文明を築きだした。

キルファンから発信された技術は他国に刺激を与え、ここ数百年で著しい変化をみせる。

神々の思惑どおり、アルカディアの人類は魔力の恩恵から脱却しようと動いていた。


しかし、どこにでも斜め上半捻りな奴はいる。

《チヒロ様は、何故、左手で左目に触れました？》
メルダと盟約を結んだ時、彼女は不思議そうな顔で小人さんに尋ねた。
「ん～？　まあ、迷信みたいなもんだけどね。左側は聖なる手って言われてるからさ。心臓に近い手だからとか、添えるだけの左手は破壊に使われないからとか。占い師や呪い師のジンクスみたいなもんかな」

盟約は神聖な儀式な気がした。だから左側で左側に触れたのだと幼女は言う。

それが主らの命を救ったとは夢にも思っていない小人さん。

こうして、死を覚悟していた森の主達は、新たな金色の王に希望を見出だす。神々の御意志を知る彼等は、この事態を歓迎しても良いのか迷ったが、神々との盟約を口にする事は出来ない。

ならば、最後のその一瞬まで、この幼き王と共にあろう。どうせ死刑を宣告された身だ。やりたい事、やれる事をやるだけやって、華々しく散るも一興。


ここから神々の画策は、少しずつ崩れ始めた。


一方、賭けを持ちかけた神は心に湧き上がる焦燥感を振り払えずに困惑する。

賭けの勝利は確定していた。だのに何故、これほど心のざわめきが止まらないのか。

貸した命を返還させ深淵に落とし、彼の国を虚無で満たせば、あの世界は滅ぶ。あのバカな双神は、また一から世界を作らねばならない。

わずかな期間とはいえ、信仰を得た幼い神々の造る次の世界は、今より幾分マシな世界になるだろう。

遊びとはいえ実にならぬ事を神々はやらない。結果論だが、アルカディアの神にも利のある賭けだった。借りた命から得た信仰は間違いなく彼等の力になったはずだ。あとは貸したモノを返して貰うのみ。そうせねばならないのだ。

世界の理に神が関わるのは御法度。神々が過剰な力を与えてしまったアルカディアという世界に先はない。

しかし、それは命の種を与えた己にも当てはまること。必ず貸した命を回収して深淵で消し去らないと、神々の不文律に触れた自分にも咎が降りかかる。

その危ない橋を渡る必要が彼にはあった。賭けを持ちかけた神の名前はレギオン。ヘイズレープという地球とよく似た発展的な世界の神である。

ただ、今の彼の世界は、前代未聞の窮地に陥っていた。

愚かな人類の起こした戦争により、地表をあます処なくばら蒔かれた科学の毒。舐めるように蔓延った猛毒は大地を侵し、海を腐らせた。

そんな滅亡待った無しのレギオンの世界で僅かに生き残ったのは、地底深くに構築されたシェルターに避難出来た人々のみ。

隔絶された小さな箱庭で細々と暮らす人々だが、それも時間の問題である。地表で荒れ狂う毒が、地底深くのシェルターにも染み入ろうとしているのだ。

これを救うには膨大な生命エネルギーが必要である。得たエネルギーを使い、地表や海を巡らせて浄化するしかない。

だが、それには途方もない生命を生け贄に捧げなくてはならず、生み出した命達の殆どを失ったレギオンは万策尽きていた。

そんななか、あまりの事態で懊悩煩悶《おうのうはんもん》する彼のもとに届いた一報。

新たな世界と新たな神が生まれたとの声を耳にし、レギオンの脳裏に昏い思惑が過る。

新しき世界と新しき神々。

実体を持たぬ神は下界に顕現出来るのだ。しかも、実体を得るまで何度でも世界を造り直せる。そうして試行錯誤し、神々は満足のいく世界を構築するのである。

レギオンの手元に残されたのは僅かな命達。今の猛毒に侵された彼の世界では増やすこともかなわない。

だが、他の世界なら？

生まれたばかりの神々。今ならば、彼等を謀り唆すことも出来るだろう。

陰惨な光を瞳に一閃させ、レギオンは己の世界を救うべく、アルカディアの双神に賭けを持ちかけたのだ。

これは、御互いの世界の命運を掛けたゲームだった。勝利が確定していたゲーム。

画竜点睛を欠かぬ見事な手札を持っていたはずだが、あの老獪な《地球》の神らが手を貸すとなれば、万一も有り得る。

よもや自分が負けるとは思わぬが、保険はかけておくべきだろう。

見事に増えたアルカディアの生き物達。あれら全てを取り上げてエネルギーに換算出来れば、へイズレープを救うことが可能だった。

元々、彼の世界の命達だ。レギオンにはアルカディアの人々へいくらかの干渉が出来る。

そして彼は神託を降した。


今は寂れた国、カストラートへと。

「……神託です。数十年ぶりに御神託がおりました」

カストラート王宮の片隅にある怪しげな部屋。そこにいる老婆は、香炉の煙を指先に燻らせながら、譫言《うわごと》のように呟いた。

その報告を受け、大勢がカストラート王宮の広間に集まる。

国王を筆頭に重臣らしき者らが居並ぶ広間の中で、老婆は億劫そうに口を開いた。

「神からの御言葉です。**《フロンティアに金色の王が覚醒した。金色の王を手にすれば、魔力と魔法は復活する》**とのことです」

老婆の言葉で広間の中は騒然となる。

「数十年前の予言は、金色の王が降臨するだった。それらしい王族は金眼の第一王子と、金髪の第二王子だったはず。どちらかが、王と認められたか？」

「いや、聞かないな。もしそうならば、フロンティア北西にある主の森にやってくるだろう。見張りから連絡は？」

「聞いておりませんね。第一王子は紫の髪ですから、可能性としては第二王子かと」

「ぐう…っ、一年前の誘拐が成功していれば……っ」

「新たに養女を迎えたとも聞くぞ？　その子供かもしれん。遠縁の王族だそうだ」

その説明で、広間の人々の視線が一ヶ所へ集中する。

そこには深い藍色の髪に、黄昏時を封じ込めたかのような紫の瞳の女性がいた。彼女は思慮深く眼を伏せて壁際に佇んでいる。

「一年前、そなたらが失敗せねば、いまごろ我々は金色の王を手に入れていたかも知れぬ。無様よな」

深く頭を下げる女性はシリル。かつて千尋を隠し育て、盗み出そうと画策した侍女だった。

無言で頭を下げるシリルを唾棄するような眼差しで見据え、国王は忌々しげな口調を隠しもせずに命じる。

「まだ新たな間者が育っておらぬ。顔が知られておるそなたらを使うのは危険ではあるが、他に適材がいない。かつての仲間らと共に金色の王を手に入れてくるのだ」

多くの間者をフロンティアに潜ませているカストラートだが、王宮内に明るい者は限られている。

だが悲願を達成するためには、多少危ない橋を渡ってでも強行しなくてはならないのだ。

「かしこまりました」

短く答えてシリルは、その美しい顔を上げる。

何かを含む怪しげな彼女の瞳に、広間の人々は誰も気づかなかった。


こうして神々の思惑の絡まる壮大なゲームは、人知れず佳境を迎える。

その頃、渦中の真っ只中なはずの小人さんは、ドラゴに抱き締められて、すよすよと眠っていた。

神々の思惑も、人々の陰謀も何処吹く風。

今日も小人さんは我が道を征きます♪

SS. 瞼の裏の記憶

「ここが王宮？」

「左様でございます、御嬢様」

時は小人さんが生まれる十年ほど前。

波打つ金髪を持って生を受けた少女は、洗礼を終え王宮へとやってきた。

彼女の名前は、ハビルーシュ・ラ・アンスバッハ。当年とって十歳となる少女である。彼女はお妃様教育も兼ねて、王宮に宮を賜ったのだ。

七年前に即位した国王陛下には正妃と一人の側妃がおられ、すでに子をなされていたが、フロンティアという国に伝わるしきたりで、光彩を所持する者は王家に迎え入れると決まっていた。

彼女は成人するまで王宮の離宮で暮らし、成人とともに正式な妻として後宮へと移り住むことになる。

アンスバッハ家からの輿入れだ。王都は大層賑わい、小さな花嫁を心から歓迎してくれた。


「ようこそ来られた。ゆっくりと寛いでくれ」


まだ若き国王陛下。その横に並ぶ王妃様も優しげで、新婚の二人は快くハビルーシュを受け入れる。

なんでも、王妃様は御懐妊中。側妃様にも、すでにお子がおられ系嗣に不安はない。他にも愛妾が何人かおり、即位前からを足すと姫君が五人もいるらしい。

独身時代の愛人を召し上げただけなので、その子供らに王位継承権はなく、国王の庶子として、それなりな縁談を組まれる予定だという。

外系とはいえ国王の娘らだ。貴族達からは引く手数多。

お盛んなこと。

ハビルーシュの輿入れで共に王宮へ上がったシリルは、人知れず昏い笑みをはいた。

ほんのり漂った薄い笑みは直ぐに霧散し、彼女はハビルーシュの傍らで優美に控える。

「これから妃教育と学園とで苦労もあろうが、困った時や辛い時は気兼ねなく私達に相談してくれ」

「はい。五つも歳が離れておりますが、わたくしも遠方から嫁いだ身。同じ新参者同士。仲良くしてくださいませ」

御人好しそうな両陛下。

朗らかな王家の人々に歓迎されて、ハビルーシュの新たな暮らしが始まった。


「……あえて人の手をかける事がステータスなのね」

ハビルーシュがお妃様教育の間その世話を仲間のメイドに任せ、シリルは王宮内を探索する。あちらこちらに魔道具があるが、シリルには扱えない。

仄かな光を淡く放つランプや照明。それらには魔法石が仕込まれており、軽く魔力を流すだけで煌々とした明かりを灯す。

井戸も水口のみでハンドルはない。その水口を撫でるだけで大量の水が盥《たらい》を満たした。

風もないのに揺れる洗濯物。程よい微風が、誰もいないのに自動で物干しの周りを巡っている。

あらゆる処で見かける魔法の痕跡。

ハビルーシュの宮でも、蛇口に仕込まれた魔法石が汲み上げた水をお湯に変え、シリルやその仲間達を驚愕させた。

原理を尋ねてみれば、井戸に使われている仕組みと同じ。ただ、こちらでは水の魔法石と焰の魔法石を組み合わせ、水をお湯に変えているのだという。

かつて小人さんも首を捻ったアレコレ。

同様に、シリルらも堪え難い羨望に炙られた。

フロンティアで洗礼を受ければシリル達にも魔法が使えるようになるが、それは出来ない。洗礼は神々への拝謁。偽りを胸に隠して行うことは不可能なのだ。

心身ともカストラートにどっぷりと浸っているシリル達が、フロンティアへの忠誠を嘯けば天罰覿面《てきめん》。

ゆえにアンスバッハ家の者達に魔法を得る機会はない。まだカストラートに染まりきる前のアンスバッハ辺境伯の子供達以外は。

フロンティア貴族として魔法が使えないのは不味いため、アンスバッハ辺境伯家の子供らは七歳の洗礼までは普通に育てられ、属性を得たあとからカストラート貴族としての教育を叩き込まれるのだ。口にするもおぞましい遣り口で、拷問にも等しい扱いを受け、徹底的に心を挫かれる。

泣き叫ぶ若様達を救うには、カストラートの望むモノを手に入れて渡すしかない。

そう、フロンティア王家の子供を。

カストラートは、アンスバッハ家の子供達が洗礼により魔法を使えることを知り、同じような年齢の子供達に辺境で洗礼を受けさせたこともある。

しかし結果は散々。一時だけ魔力を得る子供もいたが、カストラートに戻るとあっという間に使えなくなってしまったらしい。

フロンティア生まれの魔術師は他国であろうが魔法を操れるのに。やはりフロンティア王家の恩恵が必要なのだろうと、カストラートの重鎮らは結論づけた。

だから欲する。心の底からフロンティア王家の子供を。

アンスバッハ辺境伯もそのように思い、今回生まれたハビルーシュが王家に求められたことから、その輿入れに乗じ、多くの間者達を王宮へ送り込んだのだ。

何処の国にも間者は溢れるほどいるが、王宮内に潜り込めるものは極一握り。上流階級の世界は存外狭い。誰もが誰かしらと顔見知りで、入れ替わっても直ぐに看破される。

大金を積み、養子にでもならないと貴族の一角には食い込めない。それも末端な男爵か騎士爵が精々だ。そんな身分では王宮に呼ばれるのも難しい。

今回のように大量の密偵を送り込めるチャンスは、まず無いのである。

アンスバッハ家の者なら間違いはないだろうと、ハビルーシュにつけられた側仕えや護衛達を王宮はすんなり受け入れてくれた。何百年もフロンティアに貢献し、築いてきた信頼の賜物だろう。

そして王宮を散策しながら、シリルは微かな違和感を覚えた。魔道具ではない旧式の生活道具が王宮にはそこかしこに点在する。

ハビルーシュの生活でもそうだ。あらゆる処で古式ゆかしいアレコレが見受けられる。燭台の蠟燭や、薪を使った暖炉など。魔法や魔法石でまかなえる部分にもかかわらず人力で古めかしい道具を使っているのだ。

その疑問は口をつき、尋ねられた宮内人は、やや仰々しくシリルに説明する。

「先祖伝来の御道具なのです。何千年も前から存在するモノに敬意を払って、王宮は改築や新調をいたしません」

古い物は大切なのだと宣う宮内人。失われてからでは遅い。失くしたモノは二度と戻らないのだからと。

柔らかく微笑む彼に、シリルは言い知れぬ怒りを覚えた。腹の奥を舐め回すように冷たい焔。

何の気ない宮内人の台詞。だがそれはまるで、魔法を失った各国に対する当て付けのように彼女の耳には聞こえたのだ。

生まれた時から密偵として育てられてきたシリルは、十分な教育と教養を叩き込まれてきた。

いずれフロンティア王家に輿入れするハビルーシュの側仕えとして遜色ないよう、淑女としての学びも疎かにしていない。

こうして立っているだけでも彼女は周りの衆目を集めている。

黒にも近い藍色の髪。夕闇を写し取ったかのように煌めく黄昏色の瞳。身分が高いほど色素の薄くなるフロンティアで彼女の色目は異質だった。

しかし優雅な物腰や美しい所作。なにより人々の眼をひいたのは柔らかな深い笑み。何処かの宗教画でも見ているかのように高貴な居ずまいが王宮の人々を魅了していた。

さすが側妃様の侍女だ。きっと、アンスバッハ領では名のある御令嬢に違いないと、シリルの物静かな深い笑みに見惚れる男性達。

彼女の美貌に骨抜きとなった男どもに潤み悩ましい視線を投げかけつつ、彼女は腹の底から嘲笑う。

バカばかりね。それでも一端のフロンティア貴族だわ。無下にも出来ないか。

付かず離れずの絶妙な加減で男らを手玉に取り、シリルは着実に王宮での地位を確立していった。

そんなこんなで季節が流れ、ハビルーシュと共にシリルへの称賛も上がってきた頃。

ハビルーシュが王宮に輿入れして二年。彼女も成人し、お付き侍女たるシリルにも求婚の申し出が降るように湧いてくる。

「御嬢様が御成婚なさるまで、わたくしの婚約は考えておりませんの」

シリルは困惑げに頬に手をあて眉を寄せる。そんなか弱げな彼女の薄い笑みに胸を高鳴らせる男性達。

柔らかい物腰に謙虚な姿。求婚者は王侯貴族が列をなすが、その誰にも靡かない彼女の頑なさが、さらに彼等を煽った。

なかには国王に頼み込んで、王命の婚約を望む者もいたが、そんな身勝手を国王が承知するわけがない。ぺいっと一蹴されて肩を落とす求婚者の面々。

そんなこんなで周りを謀り続けて十数年。ようやくシリル達の念願が叶う日がやってきた。

「なんとお可愛らしいことでしょう。本当に御美しくなられますわ、この王女様は」

ハビルーシュの乳母、シャオン。後宮の中に部屋を賜る彼女の隣に居を移し、シリルはバターのように蕩けた眼差しで赤子を抱いていた。

絶賛する乳母の言葉に頷き、彼女は優しく腕のなかの緑児をあやす。するとほにゃりと薄く笑う小さな命。

ああ、これを得るために、どれだけの苦労を重ねたことか。

「ファティマ様……。貴女は我々の希望なのです。どうか、アンスバッハ家をお救いください」

祈るように赤子の手に己の額をつけ、シリルは大切に。ことのほか大切にファティマを育てていた。

その溺愛っぷりには仲間のメイドらすら唖然とさせられる。彼女達が目にするシリルは、まるで

本物の母親のごとく親身にファティマを慈しんでいた。

「お薬はもういらないかしら？　ファティマ様はとてもお利口ですものね」

食事や間食に仕込まれた洗脳剤。それとは知らずに脳を蒙昧にする薬である。判断力や思考力を鈍らせ、神経の伝達速度を遅らせる妙薬。

これはカストラートの預言者一族に伝わる秘薬だった。

神々の言葉を聞き、その知識を与えられる崇高な一族。それがシリルの実家である。

神々から賜った知識を駆使し、長年に亘る研究から生み出された数々の秘薬達。その一つをつかい、彼女はハビルーシュやファティマを己の言いなりに洗脳していた。

ある一定量を摂取し、薬が身体の隅々まで行き渡れば完成。この薬の薬効が失われることはない。

神々の薬ですものね。当然だわ。

「ファティマ様？　貴女は王子様と御結婚して、沢山の子供を産むのですよ？　良いですね？」

意味も分かっていないだろうに、ほにゃりと頷く緑児。それに満面の笑みを浮かべシリルはファティマを力一杯抱き締めた。

そうして季節が流れ、時が移り変わり、ファティマがつたい歩きを始めた頃。

シリル達は決断する。

「予定はどうなっていて？」

「フロンティア王都近辺、十数箇所に火を放つ。秋の収穫も終わり新年を迎えたし、国庫の備蓄に何かが起きれば、必ず騎士団が出るだろう。手薄になった隙をつき、仲間の手引きで城から王女殿下を盗み出す」

広げられた地図に記されている場所を指さして、護衛騎士の制服を身につけた男がシリルを見上げた。

彼等の背後には数十人の騎士や侍従達。密偵として送り込まれたアンスバッハ家の者だ。彼等は今回の作戦に命をかけている。

それはシリルだとて同じだった。策を弄して逃げ出すということは、フロンティア王宮にこちらの正体がバレるということ。カストラートの間者だとまでは分かるまいが、王宮へ上がる便宜をはかってくれたアンスバッハ家に、ある種の疑いの目がかかることは否めまい。

だがそれこそがアンスバッハ家の悲願なのだ。なんとしてもフロンティア王家の子供を手に入れる。そのためだけに興された家なのだから。

アンスバッハ辺境伯爵も今回の作戦が成功すれば祖国に凱旋出来る。もう二度と若様や、その子供らが苦しめられることはない。

確たる信念を持ち、炯眼をギラつかせるシリルと仲間達。

「念のために油を撒いて各所に火を放てば、もはや我等は御払い箱だ。すでに幾人かは無断欠勤し、王宮の不興を買っていよう。後戻りは出来ぬ。数十人もが不穏な行動をするのだ。王宮暗部が動くやもしれん」

「そうね。わたくし達も逃げ出す算段をつけておかねばね」

そう頷き、シリルもメイドらと共に宿下がりの申請に向かう。

幸いなことに、後宮には多くのメイドや侍女がいた。ハビルーシュの周辺はシリルらで固められていたが、第二側妃付きの使用人は掃いて捨てるほど居るのだ。

シリル達十人程度が消えたところで替えは幾らでも利く。


「里帰りですか。産後の側妃様も落ち着かれたでしょうし、今がチャンスかもしれませんね」

申請を受けて、宮内人が穏やかに微笑んだ。

「ええ。わたくしどもは、ずっと側妃様に付きっきりでいましたから。しばしの休息をとるよう勧められましたの。戻れば今度は、王子様のやんちゃに手を焼かされるのでしょうね。楽しみですわ」

くすくすと笑うシリルの笑みに絆され、ぽーっと頬を染める宮内人。しかしすぐに職務を思い出したのか、ささっと申請を受理してくれた。

「良い里帰りでありますように。お帰りを御待ちしております」

二度と戻らないわ。

心の中だけで呟き、シリルはメイド達を連れて城をあとにする。

御忍びをきどるように、いそいそと通用門を通り、彼女はフロンティア王宮を振り返った。

必ず御迎えに参りますからね？　しばしのご辛抱を……。

一時間前に閉じ込めたファティマ。薄暗い半地下室で泣いていないかと案じながら、シリルは急ぎフロンティア王宮から逃げ出したのである。

だが、結果は失敗に終わった。王宮騎士団があまりに優秀過ぎたため、各地に放たれた暴動を起こすための火種は瞬く間に鎮火されてしまったのである。

王宮が手薄になるはずもなく、内側から手引きする予定だった者も動けず、城下町に潜伏していたアンスバッハ家の者達は誰もファティマを連れ出せなかった。

なんとかしようと、しばし暗躍したようだが何も実を結ばず、シリルが事のしだいを聞いたのも、それから一ヶ月近くも後の話で、どうしようも出来なかった。

「ファティマ様……」

未だそぞろ浮かぶ無邪気な赤子の記憶。泣き、笑い、楽しく過ごした数年は、シリルにとって忘れられない幸せな思い出だった。

長くもない人生で味わった至福の時間。あまりの幸福に、なんども眼を潤ませた温かな記憶。あれは失われてしまったのだ。永遠に。

「ファティマ様……」

眼を瞑れば浮かぶ数々の思い出。不覚にも涙をこぼす自分を止められぬまま、シリルは力なく頽《くずお》れる。

そんな彼女は知らない。失われた宝物が、未来で再び姿を見せることを。ひょっこりと顔を出して、アンスバッハ家のみならず、カストラートまでも掻き回し、戦かせる不可思議な未来が用意されているなどと、今の彼女は知るよしもない。

神々の黄昏　～胎動～

《どうなっているのか？》

《アレは異世界より賜りし者。鎌ではなかったのか？》

《地球》の神々から譲り受け、アルカディアの魂に憑依させた唯一の異分子。

これが世界を動かし、箱庭を収穫し、主らを殺す鎌なのだと聞いていたアルカディアの神々は、その成り行きに、ただただ茫然とする。

神々の思惑を知らぬ彼女は、思うがままに突っ走った。

森の主を従えて無邪気に世界を渡っていく。

小気味良いほどスパスパと既存の常識を切り払い、猪突猛進に進む幼女に、アルカディアの神々は言葉を失った。

《アレは右手を持っておらぬのではないか？》

《馬鹿な。だが、たしかに》

幼女の左手には輝かんばかりの力を感じるが、右手には何も感じない。

これでは本末転倒だ。しかし何故？

訝るアルカディアの神々の元へ地球の神々がやって来る。そして難しそうな顔でアルカディアを見下ろし、深々と頭を下げた。

どうやら魂の憑依が原因で、彼女は《右手》を失ってしまったのだとか。元の魂の持ち主ファティマが、ソレを持って深淵に消えたらしい。

ひとつの身体に二つの魂という異常事態がイレギュラーな結果をもたらした。

小人さんの魂はいずれ地球に返さなくてはならない。だから新たな肉体を与えるわけにはいかず、一番安全なはずの金色の王に憑依させたのに、あろうことかそのファティマ自身が瀕死の事態に陥り喪われた。

そのあげく無理やり千尋が覚醒し、同化していたファティマに《右手》を持っていかれてしまったという。

なんという事か。それでは主らを破壊出来ない。森も枯れず、魔力や魔法も残ったままだ。これではフロンティアが危ない。

フロンティアは森を大事にしてくれた。それゆえに、アルカディアで一番大地が痩せた国なのだ。

一見豊かに見えるが、それはただの見せ掛け。まやかしである。魔力が無くなれば、何処よりも荒れ果て、乾いた土地。それがフロンティアだった。

そして何より、このままでは賭けに敗北は必至。

《どうしたら……？》

狼狽えるアルカディアの双神へ、地球の神は少し思案げな顔で呟いた。

万一のためのメッセージは仕込んである。あとは人類に任せるしかないと。

《アレは野生の申し子のような人間だ。きっと気づいてくれる。そして、良いようになるだろう》

柔らかく微笑む地球の神。世界に手を出せぬ以上、それしかあるまい。

もしアルカディアを救ってくれるならば、何でも望みを叶えよう。

双神は祈るような気持ちで小人さんを見つめる。

世界のくくりから外れる個人への助力ならば、多少の干渉は出来るのだ。ましてやアルカディアの双神は名前も実体も持たない不完全な身。

神としての強制力が低く、他の神々と違い頻繁に下界へ降りる事が可能なのである。

先だって起きたキルファン帝国の騒動時のように。

だが、出来るとやれるは別だった。出来るからといって、下界に降臨しまくっていれば思わぬアクシデントも起きる。望まぬ不具合の引き金にもなろう。自重することが大切なのだ。

けれど今は一刻を争う事態である。せめて神託でもおろすべきかとアルカディアの神々が悩んでいた時、いきなりキルファンの箱庭に鎌が振り下ろされた。

その鎌は、容赦なく借り物の命に手をかけようとし、慌てて駆けつけた神々は、それを切っ掛けに彼女への助力を試みたのだ。

しかし、それは期せずして最良を招く。

彼女の望みは箱庭の種の拡散。アルカディアの神々にとって、願ってもいない申し出である。

こうして、思いもよらぬ小人さんの行動により、箱庭計画は飛躍的な進歩をみせた。

悲嘆にくれていた数千年はなんだったのだろう。蓋を開けてみれば、アルカディアは緩やかに最善を選んでいる。

アルカディアの双神は、少し遠い眼をして下界を見つめた。

そこには、白と赤の旗を振りながら、せっせと物資運搬に勤しむ小人さんがいる。


キルファンでの大騒動の後、転移させたキルファン人を連れて、小人さんは北の荒野を目指した。

フロンティアに隣接した荒野手前にキャンプを張り、多くの天幕へそれぞれを案内している。天幕や炊事場など、生活に必要なモノは既に揃っていた。

やってきたキルファン人らが、思わず二度見するほど立派なものである。

王女殿下の公共事業の形をとり、ロメールが予算をふんだくってきてくれたからだ。その恩恵を土下座で受け取り、小人さんは過不足ないようキャンプを作ったのである。

多くの人々が手を携え協力してくれた。

王宮や騎士団は言うにおよばず、城下町、ヤーマン、はては辺境伯騎士団まで。

リュミエールの街から大量の物資が送られてきて、それに交じっていた大きな珊瑚は海の森の主からだとか。

莫大な軍資金を手に入れ、やにわ小人さんは燃え上がった。

「さあっ、頑張るよっ！」

にぱーっと快活に笑う幼女様。

彼女の行動は完全にアルカディアの神々が意図するモノと同じ。魔力に頼らぬ文明を目指している。キルファンの技術を用いて新たに作られる国。それは間違いなく、魔法に依存しない人力だけの文明社会だ。

その最先端な技術と概念はフロンティアにも伝播するだろう。いずれアルカディア全域に広まるに違いない。

奇しくも事態は神々の望む方へと傾いていた。

困惑する神々だが、蓋を開けてみれば理由は簡単。小人さんは自身が魔法を使えないのである。

使える魔法といえば、主の森を造る事。

つまり、魔法文明であるフロンティアにおいて、ただ一人、魔法の恩恵を知らぬ人間なのだ。

だから何をやるにも、魔法より物理や前世の概念が優先される。

新たな森を造り主を置けば、一国を潤す魔力を満たせる規格外な能力。しかし、その結果がどうなったのかを知る小人さんは、そんな不確かな魔力《モノ》より堅実な人力を選んだ。

努力は自分を裏切らない。

現代人でリアリストな小人さんならではの発想だった。与えられたモノに依存し、それを失えば瓦解するような文明に彼女は魅力を感じない。

こういった所が、克己との違いだろう。

『無い物ねだりしてる暇あるんなら、働けーっ!!』

後悔で茫然自失な克己を小人さんが蹴倒し、ポチ子さんに引きずらせて船に放り込んだのも記憶に新しい。

一匹の蜜蜂にしがみついてプルプルしていた克己も、新たなキルファン建国に参加し、プルプルしつつも現代知識を駆使して手伝っていた。

ようやく落ち着いてきたのか、今ではいくらかマシにはなったが、小人さんが来るとプルプルするので、ずっとしがみつかれていた蜜蜂が克己の護衛&御世話をしている。

しがみつかれ続けて、情が湧いたのだろう。その蜜蜂は克己の傍を離れず、かいがいしく世話をやいていた。

克己も無意識に手を伸ばすくらい、その蜜蜂を大切にしている。

「名前つけたら？」

相変わらずプルプルする克己を呆れたように見つめる小人さん。

あたしゃ、化け物かい。

克己にとっては近いものがあろうが、千尋にとっては理不尽極まりないことこの上ない。

仏頂面な小人さんに恐る恐る克己は尋ねた。

「つけても良いのか？」

「何で、アタシに聞くの。本人に聞いたら？」

言われて克己は抱き締めている蜜蜂に視線を落とす。

「名前…、いる？」

おい。言い方。

デリカシーの欠片もない克己に、蜜蜂はぶぶぶぶっと羽音で答えた。如何にも嬉しそうなソレに驚きつつも、克己は言葉を紡ぐ。

「えと…、どうしよう？　タマとか？　いや、それは猫だ。えーと？　ハッチ？　マーヤ？　君って男の子？」

しどろもどろに話しかける克己。

並んだ単語に思わず噴き出し、小人さんは苦笑い。懐かしのアニメによく出てくる名前だった。

「子供蜜蜂らは、ほとんどメスらしいよ」

それを聞いて克己は目の前の蜜蜂をそっと撫でた。

「じゃ、マーヤで。どう？」

まあ、タマよりはマシだな。

人の事は言えないネーミングセンスのくせに、偉そうな小人さん。

そんな幼女を余所に、マーヤと名付けられた蜜蜂は、さも嬉しそうに克己の肩に張り付いていた。

微笑ましい蜜蜂との交流を周囲がほっこりと見守っているなか、小人さんの左手に蠢くモノがある。

黒と黄色の縞模様のヘビ。長さ三十センチ、太さ一センチちょいのソレは、真っ黒なお目々をウルウルさせて、小人さんを見上げている。

ああ、そっか。

「アンタにも名前がいるね。縞々だし、シマジロウとか？」

途端、その呟きを拾った克己が盛大に噴き出した。

「それはないっ、ヘビだよね？　可哀想じゃないかっ」

おまいには言われたくないわー。プルプルは、どこにいったんだ。プルプルは。

未だに笑う克己を脳内で毒づきながら、千尋は名前を考えた。

どうしよっかな。ニョロニョロとか。いや、…海蛇ならば、ひとつしかないか。

「ワダツミ。ミーちゃんにしようか」

柔らかく微笑み、クルクルと頤《おとがい》を鳴らす小さなヘビ。

まるで腕輪のように小人さんの二の腕に巻き付くソレを見て、克己は古代エジプトの神々を思い出していた。

神々と言っても細かく分かれており、多くは御遣いで神々の代行者。小人さんを取り巻く主の子供らが、その御遣いに見えて、思わず眼を擦る克己。

まさかな。だったら、この幼女は神という事になる。そんなん有るわけ……。

そこまで考えて、克己は顕現したアルカディアの神々の言葉を思い出す。

《エイサは大切な客人。我らと同等にある》

克己の眼に映る彼女は、どこから見てもアルカディアの人間だ。自分のような転移組ではない。

最初は異世界転生、ありきたりだなと思っていたが、よくよく考えてみれば転移が出来るのに転生させる意味が分からない。

転生が必要だった?

二十年のタイムリミットつきの転移だっておかしい。自分達の知らない何かがあるのだろうか。

不思議そうな顔で訝る克己だが、彼は物語に毒され過ぎており現実が見えていない。地球でも神々に関わった人間の殆どが非業の死を遂げている事を彼は知らないのだ。

知識として知ってはいるのかも知れないが、今の自分がその立場なのだとは気づいてもいない。

神々の不文律は厳しく、それに関わった者も同罪となり咎を受ける。アルカディアの神々がタイムリミットをつけたのはそのためだ。

それ以上歪めれば、地球から借りた種は魂レベルで咎を受ける。輪廻の環から弾かれ、二度と来世は望めない。

神々に助力してくれた魂には幸せな来世が約束されている。それを成就させるために設けられた期限だった。


人々の預かり知らぬところで、必死に救済を試みる神々の努力に乾杯♪

「一手弱いカード……」


キルファンの人々の移転も一段落つき、小人さんは後を克己に任せて、今までを振り返っていた。

異世界転移が頻繁に起こっていたアルカディア。それが露見し、今までも感じていた違和感が摑めてきた気がする。

一つは、この世界がとても乾いた過酷な世界だった事。

これはフロンティアの歴史にも記されており、メルダ達から裏付けも取れていた。

それを救ったのが森の主達。

フロンティアを建国した初代金色の王はその詳細を事細かに書き残していて、その知識を元にフロンティアは主の森を大切にしてきた。

結果、今の豊かなフロンティアがある。

しかし、現代人である小人さんは、それを素直に受け入れられない。魔物がいる。魔法がある。それらに異議はない。そういうモノなのだと思う。

だが、魔力が失われれば大地が荒野に逆戻りするのだ。なぜ、この恐ろしさがフロンティアには分からないのか。

実際に周辺国が、その憂き目に合っている。だのに、そういう危機感がまるでない。

森を失えば魔力を失う。それは理解しているらしい。だけど、森を失わない努力をするだけで、失なった際の備えなどは全くしていないのだ。

ある意味、もっとも脆く危うい国はフロンティアだった。

二つめ。そんな摑めそうで摑めなかった危うさに小人さんが気づいたのも、キルファンを訪れてから。

条件は同じはずなのに、全く魔力の恩恵を受けていない国が、あそこまで豊かな事に衝撃を受けた。

この世界は魔力ありきの世界だと、小人さんも錯覚していたからだ。

そうではない。魔力も魔法も無くていい。地球と同じく、この世界だって成長出来る。

むしろ神々の魔力が、それを阻害していないか？

歴史に記されていたではないか。神々が与えた恵みだと。人間が努力して獲得したものでも、最初から世界に存在したものでもない。

与えられたものなら、自然の摂理外だ。生み出したのではないのだから、失う事も枯渇する事もありえる。

地球という異世界の概念があるせいだろう。突き詰めると、脆く危なげなアルカディアの世界観。

それを唐突に理解してしまう。

漠然とした言い知れない不安が小人さんの脳裏にこびりついた。今まで確かだった自分の足下が、あやふやで不可解な汚泥のように感じられる。

何かが変だ。おかしいのは、どこだ？

三つめは、そう思った夜。エイサの意味を思い出して、彼女は愕然とした。

これがカードに準えた名前であるなら不味い。この世界の神々がポーカーを知るはずもなく、となれば、これは地球の神々からのメッセージになる。

転移者か転生者か。地球の関係者へ宛てたメッセージ。地球人であれば理解出来るだろうと。

気づいたらいてもたってもいられず、ツェットの元へ駆けつけていた。

否定して欲しい。そう思いつつ、口にした言葉は無言という肯定で打ち砕かれる。

ジャックじゃなく、ジョーカーか。これ、詰んでるだろう？

小人さんは無意識に天を仰いだ。

これがポーカーに準えたモノであるなら相手がいるはずだ。

神々の御心は分からないが、カードがジョーカーを含んだロイヤルストレートフラッシュだとしたら、それが劣勢である事を示している。ジョーカーを使った手札は、真っ当な手札よりも一手弱いのだ。

真っ当な手札だったとしても、そうなるとジョーカーを相手が持つ可能性があり、今度はファイブカードという、さらに上の手札も予想されるが、こちらの手にジョーカーがあるならば、その手はない。

だが一手弱いカードに変わりはなく、何が起きているのか知らないが、アルカディアに某かの危機が迫っているだろう事は予想出来た。

そしてカードには意味がある。地球人なら容易く浮かぶ意味が。

「西の森かなぁ。行ってみないと分からないな」

ジョーカー＝ワイルドカード。これの意味は切り札。

つまり西の森にいる主は、地球の神々が隠した切り札の可能性が高い。

地球の神々がアルカディアに協力しているのは間違いなく、これがメッセージであるならジョーカーの意味も変わってくる。

こうしてメッセージに隠すという事は、アルカディアの人々に知られては困るという事だろう。

「ポーカーの相手が、こちらにも干渉してるって事だよねぇ。やだやだ」

恐るべき野生の勘。

田舎育ちの直感のみで生きてきた小人さんの本領発揮である。彼女は悪意を持つ某かの存在を敏感に察した。

神々の示す金平糖の欠片を寄せ集め、千尋は宇宙を構築する。

その先にはブラックボックス。

中にあるのは、おぞましい破滅の罠か、あるいは妙なる神々からの贈り物か。

虎穴に入らずんば虎児を得ず。

ふんぬっと立ち上がった小人さんは、オーバーヒート寸前な頭を宥めつつ、起こりうる可能性全てを書き出した。

結果、出てきた答えはたった一つ。単純明快。

「金色の魔力が要らないんじゃない？　これ」

思わず全身が脱力する小人さん。倦怠感に抗えず、スライムのごとく溶けていく。

アタシが今までやってきた事、全否定かぁぁぁ。あぃやぃやぃやぃ。

さめざめと後悔を噛み締めた小人さんだが、すぐに吹っ切り顔を上げた。

いやいや、そうじゃない。元々の解釈が間違っていたに過ぎないのだ。

数百年前あたりからキルファンが発信した技術により世界が変わった。それが間違いなのだと千尋は思ったが、この様子だと、それが正しかったのだろう。

そのために用意された箱庭だったのだ、キルファンは。

多岐にわたる技術が各国で独自の進化を遂げ、今にいたる。それに乗り遅れた形のフロンティアだが、国としての発展はピカイチだ。

民の質が高いフロンティアなれば、今から努力すれば、すぐに追い付けるだろう。

「ロメールに相談しなきゃ」

二つの頭は一つよりマシとか言う諺があったっけ。

文字通り二人で悩みを分かち合おうと、小人さんはふらつく足取りをポチ子さんにフォローしてもらいながら王宮に向かった。

「……取り敢えず座ろうか？」

ポチ子さんに吊るされて運ばれてきた疲労困憊の小人さんをじっとりと見据え、ロメールは執務室のソファーを勧める。

ぐでっとソファーに沈み込んだ幼女は、書き出したノートをロメールに渡した。

それを受け取り、ざっと眼を通した彼は、何とも表現しがたい複雑な顔で千尋を見る。

「これは？」

「今までの経緯と、これから起こるかもしれない予測」

「……魔力が不要とは？」

「無くても暮らせる。いわゆる贅沢品、嗜好品。むしろ、必須だと思っていた今までが、おかしいの」

「……魔力欠乏で病が蔓延したりとかしてる周辺国が、当たり前の姿なのだと？」

「そう。人は病にかかったり、怪我を治すのに時間をかけるのが普通なの。病気に無縁なうえ、怪我も治癒魔法で即治せるフロンティアが変なの」

こうして口にすると、その異常性が分かるなー。寿命もフロンティアは他国の1．5倍とか。おかしいんだよ、ほんと。

地球の概念を持っていた小人さんすら、それが普通でないと気付けなかった。魔力ありき、魔法ありきだと思い込んでいた。そういう世界なのだと。

克己の事を笑えないよねー。そういうモノだと思い込んでいたよ。先入観って怖いな。

いくぶん気力の回復した小人さんがガバッとソファーで身体を起こす。

「主の森は要らないモノだったんだよ。むしろ枯らすべきだったんだよね」

あまりの答えにロメールは返す言葉もない。それはフロンティアの在り方を根底から覆す言葉だった。

唖然とする王弟殿下。然もありなん。

「だからさ。アタシ、西の森に行くよ。そこに答えがある気がするの」

力なく笑う小人さん。

憔悴した幼女に驚き、ロメールは慌てて医師を呼び、彼女を抱き上げた。

あれぇ？　何か変だぞ？

ロメールの口が忙しく動いているのに声が耳に入らない。それどころが、視界が歪み白くボヤけていく。

　これ、アカンやつや……。

思った時にはもう遅い。小人さんの意識はプツンと途切れていた。

「チィヒーロぉぉぉぉっ!!」

毎度お馴染みな絶叫が男爵邸に響き渡る。それに耳を塞ぎ、ロメールは医師の診断をドラゴに伝えた。

「疲労と知恵熱だそうだ。安静にしていれば、三日ほどで起き上がれるとか」

涙目な熊親父。周囲を走り回る執事とメイドから、時々、辛辣な眼差しがロメールの後頭部をザクザクと穿っていく。だがそんな些細な事は気にならない。今思い出しても肝が冷えるくらいだった。

真っ青から真っ白に変わっていった小人さんの顔色。息が止まるかと思うほど驚いた。だからドラゴ達の気持ちも理解出来るロメールである。

だがしかし。この大音響だけはいただけない。

白かった顔に生気が戻り、今度はリンゴのように真っ赤な顔で、ふうふうと息をする小人さん。

その唇が微かに動き、見ていた周囲が固唾を呑む。そして凝視していた唇から紡がれた台詞に、全員、言葉を失った。

「西の森…いくの…」

思わず絶句したロメールらの心の叫びがドラゴの口から代弁される。

「馬鹿を言うなぁぁぁーっ!!」

その場にいた全員のみならず、小人さんに関わる人々全て満場一致の叫びだろう。


ほにゃりと笑う小人さん。

その日、夜を通して王宮は凄まじい議論の嵐に見舞われた。


小人さんのもたらした一冊のノートとその答えは、終わりの見えない議論の火種をフロンティアに投げ込んだのだ。

元気の過ぎる幼女様。

これも天の配剤か、十分な休息を取るまで彼女の意識が戻ることはなかった。

四日後、夢現《ゆめうつつ》なまま小人さんが眼を覚ました時、横に泣き腫らした眼で冬眠する熊がいたのも御愛嬌。

神々の思惑を知らずとも、世界の正しいあり方は知っている。

地球育ちだからこそ、その明確な歪みに気づいた小人さん。

渦巻く謎や疑問を蹴倒して、今日も小人さんは元気です♪


「うーん。どうしよっかなぁ」


回復した千尋は、建設中のキルファンを訪れていた。

王宮は上を下への大騒ぎなので、西の森に行く予定はまだ立てられていない。

頼むから一段落つくまで大人しくしていてくれとロメールに《泣き脅し》され、小人さんはタジタジと引き下がったのだ。

あれは脅しよな。泣き笑いで真っ黒な笑顔って、どんなんよ。初めて見たわ。

それをさせたのが自分であるという自覚は全くない小人さんである。

さらには男爵家の三人。

あのあと彼等は王宮に突撃をかけて、陳情を叩きつけた。

「巡礼で遠征した次には他国の折衝として遠出し、さらには海の森を救い、その元凶へ報復に出るですか。それを三歳の幼子にさせますか」

「その上、政治的判断や配慮は王弟殿下が代わってくれたとはいえ、数千人にもなる移住者の受け入れや案内、それに関わる生活基盤の準備。何故に我が家の御嬢様がやらねばならないのですか？」

「極めつけは、我が国の内情を案じて、あらゆる未来を想定し、それらに対抗する術を御嬢様が纏めて発案なされたとか。それって子供にやらせることではないですよね？　疲労や精神的負担で熱を出すほど子供を酷使する大人って、どうなんですかっ!?」

鬼気迫る面持ちの三人に取りつく島もなく、国王と王弟は平謝りするほかない。

半分は小人さんの暴走ではあるが、たしかに年端もいかぬ子供に任せるべき事案ではなかった。

立て続けに起きた問題がリンクし、なし崩し的な部分もあり、当事者である小人さんにしか判断がつかなかったのだ。

正直、子供に頼るのもどうかとは思うが、ロメールですら事態の把握が出来ていなかった。

キルファンが海の森を荒らして主の怒りを買った。これは理解出来る。しかし、報告にあった石の道や、立ち枯れた珊瑚など、説明されても理解が及ばない。

なぜあのような道が海に穿たれたのか。どのようにして作り、どのように珊瑚を密漁し、主の子供らを捕らえたのか。

文面としての言葉は理解出来るのだが、その有り様や、やり方が全く分からないのだ。

一目見ただけで看破したという小人さんのサポートが、どうしても必須だった。

こちらが理解していないと見破られたら、悪辣なキルファンは如何様にも誤魔化し、言い逃れしようとするだろう。

事は国家間の問題だ。

下手な遺恨を残す訳にはいかない。徹底的に叩き潰し、二度とフロンティアに手出しせぬよう釘を刺したかった。

それをするには、絶対的な力を持つ魔物達と、それを従える小人さんの存在が必要不可欠。

思った以上の結果に、王宮内が騒然となったのは否定しない。

最先端技術を持つキルファンと対等に渡り合えるのも小人さんしかいなかった。

なにが必要で、どのような支度をすれば良いのか。全く分からないフロンティアの面々を、的確に采配してくれる幼女に頼り切りだった自覚もある。

赤と白の旗を持って走り回る小人さん。

あの旗も最初は意味が分からなかったロメールだが、白は進め、赤は止まれだと言われ、実際に使っている所を見て、ようやくそれを理解した。

眼から鱗だった。

一人が全体を見て、大量な物資の運搬に流れを作る。特に交差する所では、あの旗が大活躍だった。

通常、片方が運んでる時、交差して分断された方は、それが通りすぎるまで待つものだが、千尋は旗をつかって一定数ずつ交互に流していた。

あれなら、完全なタイムロスは防げるし、一気に大量に運ばれて右往左往する事もない。

小人さんのやっている事を見て、覚えた者達が今は代わりにやっている。

「見盗れ、聞い盗れだよ」


にっかり笑う小人さん。


どこにでも目新しいモノは転がっているのだ。気になったらトコトン見て聞いて盗め。彼女の規格外な知識と教養は、こうして培われたモノなのだろう。

そんな幼子に頼りきっていた。

情けない事この上ないが、こちらに考える暇も与えず突っ走る小人さんにも責任はあると思うが、やり過ぎ感も否めない。

気づいていたのに止めなかった大人達にも間違いなく責任はある。

「しばらくは王宮も魔力や主の森の問題にかかりきりになるだろう。チィヒーロには、ゆっくり休んでもらいたい」

力なく微笑むロメールの顔にも疲労が色濃く浮かんでいた。それを見ては、男爵家の面々も引き下がらずをえない。

彼とて好きで小人さんを酷使した訳ではないだろう。結果がそうなってしまっただけだというのは、ドラゴ達にも分かっていた。

だが、理性が納得しても感情が納得しない。これからを考えて、一度しっかりと言っておきたかったのだ。


このとき、誰もが未来に疑いを持っていなかった。

これからも、この暮らしが続くのだと、微塵も不安を抱いてはいなかったのだ。

未来は不確定であるという事を、後に知らしめられる男爵家の三人である。


「そっかー。なるほどね」

病み上がりからかっ飛ぶ小人さんの横には克己。建設現場にやってきた千尋は、克己を見かけて声をかけた。

すでにマーヤと懇意な彼は小人さんに対する恐怖を克服し、マーヤと縁を結んでくれた幼女を少しだけ好意的に見るようになっていた。

大魔王の印象は薄れていないが。

そして斯々然々《かくかくしかじか》と話を聞き、気の毒そうに小人さんを見る。

「まあ、仕方無いんじゃないか？　まずは国内の平定が優先だろう？」

「だよねー。でも急がなきゃいけない気もするの。なんでだろう」

「切り札かぁ。たしかに、そういう伝え方されたら、穿ち過ぎとは言えないな」

さすがは同じ地球人。言葉少なでも、小人さんが言わんとする事を理解してくれた。

「あの神々は真っ当に見えたよ？　少なくとも、俺は二十年も新しい人生をくれた二人に感謝してるし。キルファンが世界に魔法のない文明を広げるための苗床ってのは当たってると思う」

でなくば説明のつかない事が多すぎるのだ。神々は克己の近代知識をアルカディアに伝えてくれと望んでいた。魔力や魔法で何でも有りなアルカディアに、それらが必要となる事案は、克己にだって一つしか思い浮かばない。

神々は、アルカディアから魔力と魔法を消し去りたいのだろうと。

つまり彼等が正したいと言っていた間違い。それすなわち、魔力をアルカディアに与えた事。

これが当たっていれば、金色の王は無用の長物。むしろ百害あって一利なし。

あ〜。ほんとに、最初から勘違いしてたのよねぇ、アタシ。

答えの片鱗は、そこかしこに転がっていたのに。

何故に人々が主の恩恵を忘れたか。森を切り開く事に躊躇しなかったか。何故に主らがそれを傍観したか。フロンティア以外の国が、どうして正しい魔力の在り方を知らなかったか。

世界は無意識に主の森の意味を消していった。しかし、それに潜在的な罪悪感もないのは、それが正しいからだったのだろう。

心ある人間は何処にでもいる。でもそれが、主の森に関してだけはどこにも存在しない。

フロンティア以外は、どこも森を失う事に忌避感を持っていなかった。

判を押したかのように、揃って近代化への道を進んでいた諸外国。誰も異を唱える事なく、誰もが同じように主の森の恩恵を忘れていった。

この不自然さに、最初から気づくべきだったのだ。

その忘れていったモノを、わざわざ掘り返して世に知らしめてしまった小人さん。きっと、当時の神々は大慌てした事だろう。

乾いた笑いしか出てこないな。勝手に主らに感情移入して、勝手に森の再建に燃えていたけど。

それ、みーんな間違った解釈だったんじゃん?

いまさらながら赤面する思いだ。

勝手な使命感を抱いていた当時の自分を殴り飛ばしてやりたい。何が配管工だよ、そんなんしたら、神々の努力が水の泡じゃない。

思わず顔を両手で被い、羞恥にのたうつ小人さんの横で克己が思案気に呟いた。

「俺も気にはなってたんだよな。なんでアンタは転生なんだろうって」

言われた意味が分からない。

首を傾げる小人さんに、克己はあらためて説明する。

「転移で送れるなら、零歳スタートの転生なんて必要なくない？　地球の神々の関与は明らかなんだし、転移で良いのに、なんでアンタだけ転生になったんだろうな」

そこまで聞いて千尋も茫然。確かにその通りだった。

これだけ転移者がワラワラいるのだ。千尋だけ転生させたという事は、それに意味があっても、おかしくはない。

転移者と転生者の違い……。

そして、ふと千尋が呟いた。

「魔力と魔法か？」

「ん？」

「魔力と魔法だよ。この二つはフロンティアの人々しか持っていない。つまりアタシに魔力と魔法を持たせたかったから、アタシは転生になったんじゃないかなと」

大当たり。思わず、そんな神々の声が聞こえた気がする。

まるでパズルのピースがはまるかのようにパチリと音をたてて、その答えは腑に落ちた。

横にいる克己も、あー、とばかりに刮目し頷いている。

「そうか、それだ。神々の思惑が何なのか分からないが、それならアンタだけ転生だった理由になるな」

となれば、千尋が金色の王になるのは神々の思惑の範疇内だったという事だ。

アタシは無用の長物ではない？　ある意味、アタシも神々の駒の一つなのかな？

知りもしないのに正解へと近づいていく小人さん。ただそれが、範疇内でありつつも範疇外であったとは想像もしていない。

人は考える事を止めてはいけない。

以前、ロメールから聞いた台詞が、何故か今、脳裏に浮かぶ。

紆余曲折しながら物語は紡がれ、千尋はようやくスタートラインに立った気がした。

常にロケットスタートで突っ走る小人さん。


少しは止まれ、お前はマグロか。

うんざりとした面持ちのまま脳内で呟く克己。彼もまた盛大に巻き込まれ、正しく小人さんを理解しつつあった。

南無三♪

神々の黄昏 ～小人さんの逆張り～

「だいぶ出来てきたねぇ」

「人が多いし、物も十分にあるしな」

測量して道や区画を決めていたと思ったら、小人さんが寝込んでいる間に、すでに仮設住宅が出来上がっていた。

並ぶ二階建ての仮設住宅は、いずれ街が出来たあと短期滞在用の木賃宿になる予定だという。

「そんなん需要あるの？」

木賃宿といえば、格安の素泊まり＆雑魚寝な宿だ。読んで字の如く、薪《き》の代金を払い、竈《かまど》で自炊する。部屋泊まりでなく、寝具もない。ただ雑魚寝で転がるスペースがあるだけ。

そんな前時代的で物騒な宿をフロンティアが許可するだろうか。

小人さんが何を想像したのか察して、克己は盛大に噴き出した。

「違う、違う。日本のドヤ街にあるようなヤツじゃなく、部屋単位で素泊まりだけなヤツ。こちらでは素泊まりって発想がなくてね。宿屋っていうと宿泊に朝食夕食はセットが常識みたいでさ。だから、簡易宿泊＝安いの説明に薪代で泊まれる木賃宿の話をしたんだよ。その呼び名が気に入ったみたいで、みんなそう呼んでるだけ」

なるほど。

これからもキルファンの移民が来るかもしれないし、他からも新天地へ移住の可能性はある。だから仮設住宅を残しておきたいが、設備の維持には金がかかるし、最低限の費用はいただきたい。その苦肉の策が木賃宿なのだ。

街が動き出して生産や建築のメドがたてば、また変わるのだろう。すでに民家は八割かた出来ている。

農地や牧場もほぼ完成し、今はフロンティアの土魔法で起こした大地に菜花や野草を植えていた。植樹なども進み、魔力の恩恵がない荒野はすっかり様変わりしている。

人の力って偉大だよなぁ。

とにかく緑が欲しい。緑がないと落ち着かないと、キルファンの人々は、せっせと育苗に励んでいるとか。

もっと種や苗をふんだくってくるかな？

真面目な顔で思案する小人さんの後頭部を克己がポコっと叩いた。

「アンタ、今、善からぬこと考えてたろ？　フロンティアが近いから食べるには困らないんだ。無理を通すな、歪みが出るぞ」

なぜ、バレた。

仏頂面で口を尖らせる小人さんの肩越しから、幼女を小突いた克己の右手を前脚でテシテシと叩くポチ子さん。大人しいポチ子さんには珍しく憤慨しているようで、モフーッと鼻息を荒らげていた。

「いや、虐めた訳じゃないぞ？　なあっ？」

魔王な幼女には慣れても蜜蜂には弱いのか、見るからにアワアワと狼狽える克己。元々、同じ地球人だ。打ち解けてしまえば気安くなるのも早い。

「ポチ子さぁーん、克己が虐めるーっ！」

嘘泣きで千尋が地面に蹲ると、ポチ子さんは鋭く羽音を鳴らして克己に飛びかかった。

わーっと逃げ惑う克己を庇い、マーヤが仲裁に入るがポチ子さんの剣幕に圧されて、絡まりながら二匹は地面に落ちる。

それでも必死にポチ子さんを止めるマーヤ。

オラぁっとポチ子さんの振り上げた脚に弾かれて吹っ飛ぶマーヤの背中に、《あああっ》と文字が書かれて見えたのは錯覚だろう。

あまりの可愛らしい攻防に思わず噴き出し、すぐに小人さんはネタばらしした。

「うっそぴょーん♪　ポチ子さん、ありがとねー♪」

ほけっと小人さんを見る二匹の蜜蜂を手招きして、小人さんは掌に魔力をためる。綺麗に絡まる金色のリボンを見て眼の色を変える蜜蜂様達。

「ごめんねぇ、ちこっとイタズラしたかったの」

先ほどまでの険悪さはどこ吹く風。二匹は押し合い圧《へ》し合い、わきゃわきゃと小人さんの魔力をすすって御満悦である。

「アンタなぁ……、マジで怖かったぞ、ポチ子さんっ」

「なーんかイタズラしたくなっちゃったのよね。悪い悪い」

本気の冷や汗をぬぐう克己の後ろから、大きな羽音が聞こえてきた。

小人さんの魔力を感じ取ったのだろう。街の作業を手伝っていた蜜蜂達が、大挙して押し寄せてくる。ざっとその数、百はいた。

それを慌てて避けて、群がってきた蜜蜂達に小人さんは新たな魔力を迸らせる。

光の帯に、こぞって群がる蜜蜂達。

楽しそうな蜜蜂らを眺めていた小人さんだが、ふと視界の端で、克己が蜜蜂の群れへ入っていくのが見えた。彼は脇目も振らずに一匹の蜜蜂を捕まえて、群れの中から出てくる。

克己の腕の中でジタバタと暴れる蜜蜂様。

「おまえは先に貰ってただろう？　他に譲ってやれよ、マーヤっ」

克己は小人さんの近くに来ると、その肩に張り付くポチ子さんを指さして、きりっと言い放つ。

「ほらっ、ポチ子さんを見ろっ、貰った分だけで満足してるじゃないかっ」

言われて気まずいのか、マーヤは克己から見えない腰の後ろにへばりついた。

「ったく」

仕方無さげに顔を緩める克己。その光景を見て小人さんは瞠目した。なんとも自然体な二人である。しかも克己には他の蜜蜂とマーヤの見分けがつくらしい。

こういうもんだよなぁ。

思わず破顔し、擽《くすぐ》ったげにニマニマする小人さん。

テイマーとかチートとか、そんなものは関係ない。人だって動物だって、魔物ですら絆は生まれるんだ。これは理屈じゃない。

にゃ〜っと意味深な眼差しで克己を眺め、小人さんは盛大に意趣返しをする。

「テイマーだっけ？　いつの間に転職したのさ、克己ぃ？」

「う……っ」

己のほざいた黒歴史を思い出したのだろう。克己は見るからに焦りまくり、どんよりと大きく肩を落とした。ニマニマの止まらない幼女様。

「……すまなかった。俺の認識不足だったよ」

「分かれば宜しい♪　まあ、万人仲良しこよしとはいかないけど、仲良く出来るならそれにこしたことはないしね」

厳しい現実をたて続けに見せつけられ、思わぬ縁に結ばれ、ようやく克己もアルカディアという異世界を理解出来てきたようだった。

巨大蜜蜂と戯れる二人。

キルファンの移住者達は、その一部始終をじっとりと見つめている。一見、殺伐としたホラーなのだが何故か和む日常風景。フロンティアの当たり前に少しずつ慣れてきたキルファンの人々だった。


荒野で、そんな長閑な一幕があった頃。

フロンティア西北の領地にはシリル達がいた。


「お久し振りです。アンスバッハ辺境伯」

「これはこれは…、懐かしい顔ぶれですな。で、今回はどのような？」

シリル達が訪ねた邸は、ヘブライヘル・ラ・アンスバッハ辺境伯の邸。過去にシリルらを匿い、王宮へと送り込んだ人物である。ハビルーシュ妃の父親で、彼の曽祖父がカストラート王家に連なる者だったのだ。

貴族同士の国際結婚の形を取り、フロンティア王家との繋がりが強い辺境伯家に送り込まれた密偵だ。

その使命はフロンティア王家から魔法の知識を盗み、カストラートへ報せる事。

前回の神の御神託時に、彼は我が子が光彩を所持している事を利用し、その婚姻に乗じてカストラートの手の者を送り込んだ。

元々、生まれた時から薬漬けで父親の意のままだったハビルーシュは、なんの疑問もなく嫁ぎ、王家の子供を産んだ。

自身に光彩を持つ娘が生まれ、さらには神からの御神託。これはもう天の配剤としか思えない。きっと事は成就する。救国の預言とされた子供を手に入れられる。彼はそう確信した。

そして時が流れ、ハビルーシュ妃が金髪の双子を産み、その片方を確保したとの報せにヘブライヘルは期待で胸を踊らせる。

まさに曽祖父から百年以上待ち望んだ悲願の達成は目前だった。

なのに……。

アンスバッハ辺境伯は目の前にいる十数人の者達を見つめる。千載一遇のチャンスを潰した愚か者どもを。

忌々しげに睨むヘブライヘルを一瞥して、シリルは預かっていた書面をテーブルに出した。それはカストラート王家からの勅命。

「これにある通り、どのような手段を用いても構わないので、金色の王を確保せよとの事です。少し隙間を開けて頂ければ、わたくしどもが忍び込み捕らえてまいります」

自信ありげに紅茶を口にしたシリルを見つめ、ヘブライヘルは深い溜め息をつく。前回の失敗が彼の脳裏を過った。

「無理だ。君らは知らないのだろうが、金色の王は既に覚醒し、森の主と盟約を結んでいる。手を出そうものなら一瞬で細切れ肉になるのがオチだぞ」

日和見だったフロンティアの外交が活発になり、ヘブライヘルは国外へ情報を送りにくくなっていた。ゆえにカストラートは知らなかったのだ。金色の王の覚醒と、その盟約が終わっている事を。

ここ一年の出来事である。諸外国にはほぼ秘匿された案件だ。

常に王族の姫君を妻に迎えていた辺境伯家だからこそ知っていた情報である。通常の貴族らにはまだ知らされてすらいない。

「金色の王は遠縁の娘だった。名前はチィヒーロ・ラ・ジョルジェ。今は国王の養女となり王宮に住んでいる。周囲には盟約を結んだ主の子供らがいて、手も足も出せん」

「娘……。ファティマ様は、どうなりましたか？」

シリルの絞り出すような呟き。その声は震えていた。

ふんっと鼻を鳴らし、ヘブライヘルは然して気にもとめた風でもなく答える。

「言われた場所に子供はいなかった。知らされたのが一月《ひとつき》もたった頃だったしな。既に事切れて処分されたか。生きて見つかれば大騒ぎになったはずだ。死んだのだろうな」

シリルらの仲間は暴動を起こす事には失敗したが、あの手この手で何とか王宮に忍び込もうと努力した。

しかしどれも成功せず、それどころか不穏な行動が王宮に察知され、国外へ逃げ出すしかなくなり、最後の頼みの綱とばかりにヘブライヘルへ確認を頼んだのだ。

さすがのヘブライヘルも側仕えや侍従を連れずに王宮を徘徊するわけにはいかない。こんな貴族然とした目立つなりで裏方の作業場へ脚を踏み入れたら注目の的である。

なんやかんやと理由をつけ、ヘブライヘルが指定された部屋の確認をメイドにさせられたのは、さらに一ヶ月近くたってからの事だった。

王宮の侍女や侍従に怪しい動きを覚らせるわけにはいかず、下働きのメイドを買収するのにもかなりの金子が必要で、それを思い出したヘブライヘルは苦虫を嚙み潰したような顔をする。

恩あるアンスバッハ家当主を慮り、シリルは然り気なく話題を変えた。

「側妃様は御健勝で？」

「ああ。世話人のメイドはそのままだからな。未だに夢現な世界に浸っておるよ」

ハビルーシュ妃の側仕えや護衛は全てヘブライヘルの息がかかっていた。カストラートの者ではないが、金子で動く分かりやすい手駒である。

反面、裏切りにも注意が必要だが、御互いを見張りにする密告&褒賞システムでがんじがらめにしておいた。

「魔物の護衛ですか」

ヘブライヘルと情報を交換をしつつ、シリルは思わぬ伏兵の存在に頭を捻る。

どのように対処すべきか。金色の王が覚醒済みなら、むしろ好都合だ。

神の御神託によれば、金色の王は森を作り、主を移動出来るという。すぐに国を魔力で満たして、魔法を復活させられる。強行は得策ではない。自らの意思でカストラートへ来ていただくのが最善だろう。

そこまで考え、シリルは懐から瓶を取り出す。掌サイズの細い瓶には、薄い紫の粉が入っていた。

見慣れたソレにヘブライヘルの顔が、やや歪む。

「これを金色の王に使いましょう。希釈した液体と違い、覿面に効果が出るはずです」

この粉はシリルの調合した洗脳薬。以前、ファティマに使われ、今も時折ハビルーシュ妃に使われているモノだ。この薬の調合レシピも神の御神託で伝えられたモノ。代々、シリルの家系が守り受け継いできた。

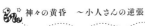

「金色の王は幼い少女だ。甘い御菓子や飲み物に仕込めば、存外簡単かもしれん。しかし、それを振る舞う場を作るのが至難の技だぞ？」

「近いうちに機会はやってきます。この領地には、主の森があるのですから」

ヘブライヘルの眼が驚愕に見開いた。

北の荒野を挟んだ向こうにあるカストラート国。その境界線を守るフロンティアのアンスバッハ辺境伯家は王都西北にあり、領地には西の森と呼ばれる主の森がある。

金色の王なれば、必ず巡礼に訪れるはずだ。そのさいに領主邸へ招くのも難しい話ではない。

しっとりと優美な微笑みを浮かべるシリルを見つめ、ヘブライヘルも淡くほくそ笑んだ。

とら狸《たぬ》の皮算《かわざん》が秘めやかに行われているとも知らず、小人さんは西の森に想いを馳せる。

「西の森の領地には美味しいモノあるかな？　辺境伯領ってことは、西の隣国カストラートの食べ物あるかもしれない。楽しみだねぇ、ポチ子さん♪」

いつでもどこでも、絶対に揺らがない小人さん。

日々の悩みはつきないけれど、常に人生を謳歌する小人さんである♪

SS. 処変われば

「難しいことは後にして、一息いれようまい」

ぐぐぐっと伸びをして、千尋はキルファン製の湯沸し器のスイッチを入れた。伝熱線を巡らしてある板に湯沸かし用の細長いケトルを乗せた物。地球でいう電気湯沸かしケトルのような仕組みだ。

これも尋ね人らの改良した物品。本家フロンティアより、ずっと魔法石や魔術具の扱いに長けている。

まあ、あちらじゃラノベ筆頭に不思議物語てんこもりだもんな。それがリアルに作れるとなりゃはっちゃけるだろうて。

しゅんしゅんと湯気のたつケトルを克己が持ち上げ、用意してあった湯呑みにそそぐ。三歳児が持つには重いため、ありがたいと思いつつ、千尋は茶菓子を取り出した。

「お煎餅とか、おかきとか。嬉しいなぁ、まさか生まれかわっても食べられるなんて思いもしなかったよ」

満面の笑みな千尋の前にはキルファンから取り寄せた沢山の御菓子。海苔や胡麻をふんだんに使った懐かしい御菓子は、醬油や塩の匂いが香ばしい。

「そう言われたらそうかも。俺は、ずっとキルファンにいたから違和感ないけど」

湯呑みを温めていたお湯を急須に入れ、温《ぬる》くなった分、熱湯を足して二人はちゃぶ台を囲んだ。

このちゃぶ台もキルファンに売っていた物だ。

四つ足を内側に折り込むタイプで、使わない時はどこぞに立て掛けたり、隙間に入れておいたりと場所を取らない親切設計。

くふくふと楽しげにちゃぶ台に座る小人さんの下には厚手の座布団。使い慣れた品々に思わず気が緩む幼女。

「あ〜、良いわぁ。こういう、まったり感。たまらんね♪」

「まあ、お前は仮にも王女殿下らしいしな。俺の前でくらいは息抜いとけ」

普段からやりたい放題な千尋だが、やはり神経を張り詰めているのだろう。城の危機かと思えば王都の危機となり、気づけばフロンティアを飛び出して国の危機となっている。しかも御丁寧に世界規模的な拡がりをみせつつ。

アタシはただの子供なはずなのに、なじょしてこうなった？

食べるのにも窮する捨て子で、御飯欲しさに頑張っただけな小人さん。美味しい物が食べられるようになったら、なぜか厄介事が抱き合わされていた。それを何とかしたら、さらなる厄介事が押し寄せてきた。

気づけば厄介事の中心にいる自分。

……ないわ～。フロンティアに労基ってあるのかな。

どう考えても一幼児のやるべきことではない。やるべきことではないのだが、やらざるをえない、この状況。

ちゃぶ台に突っ伏して、うにうにする千尋の前に克己がお茶を置いてくれた。渋み苦みの調和した馥郁《ふくいく》たる懐かしい香り。思わず幼女の顔がほにゃりと崩れる。

「緑茶か。番茶やほうじ茶のが子供には良いんじゃないっけ？」

小人さんの買ってきたお茶の袋を手に克己は前世の育児知識を思い出す。それを一瞥して千尋は緑茶を口に含んだ。

「こっちじゃ紅茶もどきが主流なんよ。ハーブティーや薬草茶とかね。そういった系統はお腹一杯なんだにょ。あ～、癒されるわぁ」

ヨーロッパ風が定着しているフロンティアで流通しているのは俗に言う酸化系のお茶の葉。完全発酵させた物ばかりだ。

さすがの千尋も茶葉の作り方までは知らない。お茶の説明文などから、発酵させていないとか蒸すのだとかくらいは知っているが、具体的なやり方は分からないのである。

「こっちじゃ煎茶が主流かなぁ。炒ればほうじ茶にもなるし。さすがに玉露とかまでは見たことないかも」

前は皇帝専用に作られていたみたいだが、今の皇家になってから緑茶よりも半発酵的な烏龍茶やプーアル茶を好むようになったとかで作られなくなって久しいらしい。

あーはぁぁん。やっぱり、そういう系統だったんかもねぇ。ま、どうでも良いけど。

陸人皇帝を確認してから、なんとなく小人さんの脳裏を過る疑問があった。彼はどう見ても日本人系というより、大陸系の顔立ちをしていたのだ。

同じアジア人だし、大まかに大差はない。神々には、そういった細かい違いは分からないだろう。アヘン戦争が勃発するくらい、御茶と彼の国は深い関係にあるし。

幸い独占はされていないようだ。キルファンが世界を知るようになるよりも先に、各国は其々の国でお茶の木を見つけていた。

地球でだって見かけが違うだけで、どこにでも生えてたんだよね、お茶の木。

「玉露か。たしか日除けをして新芽を日光にさらさないで作るんだったかな。成長不振にならないよう調整が難しいから、専門職が必要なはずだけど、今でもキルファンに居るのかな」

克己の茶飲み話に小人さんは眼を見張る。

「詳しいね。海の森の坑道でも思ったけど、あんたって物知りだね」

幼女の素朴な称賛の言葉に、克己はすっとんきょうな顔をする。

「え？　あ。まあ、本はよく読んでたし？　ネットで調べれば大抵のことは載ってるし？」

しどろもどろに答える克己。だがその頬に走る朱が、小人さんの称賛に対する彼の面映ゆさを伝えていた。

「いや、読んだからって理解出来るもんでもないでしょ？　その基礎になる知識も必要だし、見たり聞いたりしても忘れちゃうことだって多いし」

「へ？　忘れないだろう。一度見聞きしたものを忘れていたら読む意味がないじゃないか」

何を当たり前なことをという感じで首を傾げる克己。それを見て、思わず千尋は自分の書いた土壌改良用の書類を持ち出した。

こちらの言葉で書かれた物とは別に、日本語でも書いておいたのだ。周りに知られては困るアレコレを彼女は日本語で書き記している。

「ちょっ、克己、これ読んで？」

「ん？　なに？　……土壌改良計画？　ふぅん。フロンティアでもやるんだ？」

ふむふむと口許に指を当てて読む克己をじっと見つめ、粗方読み終わったあたりで千尋は彼に尋ねた。

「第七項、植樹における木の選別を言える？」

「え？　あ～っと、落葉樹を中心に～……」

三十枚近くある厚い書類の束なのに、克己は一言一句間違わず書類の文面を口にする。その後も、ランダムで抜粋した部分を聞いたにもかかわらず、彼は全て正しく諳《そら》んじた。

「……ひょっとして中身を全部覚えてる？」

「そりゃ、読めば覚えるだろう？」

啞然とする幼女を余所に、克己は事も無げな顔で答えた。

類は友を呼ぶ。普通でない小人さんの周りに集まる面々も、どうやら普通でないらしい。というか、神々の選別の篩《ふるい》が選び出した人々なのだ。普通であるわけがない。

つまり克己は、一度見聞きしたモノを忘れないという超人的な記憶力を保持していた。

うわぁ……、記憶力が良いとかの次元じゃないにょ。これはもう超能力でしょ。

双神がチートをくれなかったとか嘆いていた彼だが、どう考えても天然チート野郎である。持って生まれた己の才能に大抵の人は気づかない。あって当たり前だからだ。

それが特別なのだと知るには、他と関わる必要がある。比べる誰かがいないと分からない。幸か不幸か、克己は病気で強制ヒッキーだったため、そういった機会にも恵まれなかったのだろう。

地球世界の知識や技術が詰め込まれた人間ディクショナリー。神々も気の効いた人選をしてくれるものだ。

「克己ぃ。あんたと逢えて、ホントに良かったかもぉ」

ぱあっと顔を煌めかせる幼女様。明け透けな好意を示され、人付き合いになれていない元寝たきり病人様は顔を赤らめた。

「なっ、えっと？　こっちこそっ！　……馬鹿をやらかしてたとこ止めてもらえて感謝してるし」

ちゃぶ台の周りにほんわりと花が咲き乱れる室内。そんな二人の元へ、ロメールを連れてドラゴがやってくる。

「チィヒーロ？　入るぞ？」

軽くノックして娘の部屋の扉を開けたドラゴは、四角いちゃぶ台を挟んで御茶をする二人に目を丸くした。

「床に直に座って……？　何をしているんだ？」

「あ、お父ちゃん。キルファン式のお茶だよ」

にぱーっと笑う小人さんの手には取っ手のないカップ。直に持つタイプの湯呑みを見て、物珍しそうな顔でドラゴも腰を下ろした。

すかさず、ちゃっと座布団を差し出す小人さん。ロメールにも渡して、四人でちゃぶ台を囲む。

「面白いね。これはまた楽な御茶会だ」

興味津々で座布団を眺め、ロメールも克己やドラゴに倣い胡座をかいて座った。そんな二人に慌てておお茶を渡し、克己はぎこちなく笑う。

いきなり現れたフロンティアの重鎮を前にして狼狽える克己を眺めながら、千尋はザラザラと茶菓子を菓器に足した。

「これは？」

「硬そうだね？　クラッカーとも違うみたいだけど」

「お煎餅っていうさ。こっちはおかき。アラレもあるにょん。キルファン特産のお米を材料にした御菓子だよ」

「御菓子？　にしてはしょっぱい匂いだが」

甘味＝御菓子ではない。

フロンティアでだって、以前はクラッカーやビスケットみたいな塩気のある物を御菓子といっていたくせに、孤児院を中心にして席巻した甘味により、すっかり甘い御菓子に慣れてしまったようだ。

「こっちでいうクラッカーとかみたいなモノだにょ」

ふむ。と頷き、二人は茶菓子を口にした。そしてバリバリとたつ音に目を見張る。

「ちょっ、チィヒーロっ、これは……、え？」

口を押さえて必死に音を殺そうとするロメール。それと反対にドラゴは楽しげな顔でバリバリしていた。

「良い歯応えだな。面白い」

物を食べる時に音をたてないのがマナーなフロンティア。ロメールが面食うのもいたしかたなし。

「いや、もう……、下品とかの次元を越えているね。うん。これはこういうモノだと思うしかない。御国柄という奴だな」

困ったように眉尻を下げ、音を殺すのを諦めたのか、ロメールもバリバリとお煎餅を噛み砕く。

「そうそう。お煎餅は音をたてて食べるモノなの。この音が美味しさを引き立てるのさぁ」

御行儀が悪いけどね、と、くすくすと笑う王弟殿下。そして出された御茶を口に含んで、彼は思わず顔をしかめる。

「苦……っ、緑の御茶？　これもキルファンの？」

「そそ。この苦みの渋みが甘いモノを食べたとき口をゆすいでくれるの」

「なるほど。でも苦すぎだろう？　蜂蜜はないのかい？」

何の気なしなロメールの一言。ドラゴも同じことを思ったらしく、サーシャを呼んで蜂蜜を頼んでいた。

緑茶に蜂蜜ぅぅっ？

当たり前だが、唖然とする緑茶ストレート組の二人。

「いや、まあ？　ほら、地球でだって、グリーンティーとか抹茶のスイーツとかあったし？」

「あ〜、そういえば、外国の人らは緑茶でも砂糖やミルク入れて飲むのが普通だって聞いたことあるなぁ」

苦笑いを見合せる二人に、ロメールとドラゴが口を開く。

「さとう？　なんだい、それ」

「ミルクか。それも良いな。王弟殿下もいかがですか？」

「どちらかといえば果物系が合いそうな御茶だね。レモンとかベリーとか」

処変われば品変わる。

「そういや、地球でも色々あったっけ。病院の売店でもずらっと並んでたよ、マスカットグリーンティーとか」

「ああ、某有名メーカーが出してた百円パックのね。あったあった」

わいわいやらかすロメールとドラゴを見て、地球宜しくアルカディアの緑茶も魔改造されそうだなと、微笑み合う異世界組の二人だった。

神々の黄昏　～諦めない人々～

「どうして、こうなった」

　ただいま小人さんは御城に召喚され中。

　何でも激論の末、決着がつかず、発案ノートの作者である幼女に話を聞こうとなったらしい。

　反目する二つの陣営は、長いテーブルを挟んでバシバシと火花を散らしている。そんな両陣営を疲れた眼差しで見据え、国王は小人さんをお膝にのせて議会を開始した。

　いや、待って？　このまま議会を始めんのっ!?

　横に立つロメールを胡乱気に見つめる小人さん。

　そんな彼女を見て、謝るかのようにロメールは片手の指を揃えて顔の前に立てた。

　まあ、お疲れみたいだし仕方無いか。この借りは高くつくからね、ロメール。

　にんまりと上がる小人さんの口角に気付き、ロメールは少し遠い眼をして天井を仰ぐ。そんな中、粛々と進んでいた議会が、しだいにヒートアップしていった。

「このノートにある通りなんですよっ、諸外国に出来ている事が、我が国には出来ていないっ！由々しき事態ですっ!!」

声高に発言を始めたのは三十そこそこで長身な偉丈夫、グレイシオス伯爵。

精悍な顔だちに頑健そうな体軀。暗い蜂蜜色の髪を綺麗に撫で付け、薄茶色い瞳に宿った赫々《かくかく》たる獰猛な光が印象的な人物だ。一見、どこからどう見ても武官なのだが、これでいて文官だという。

ロメールに聞いたところ農林を司る家系で、いくら伐採してもなくならない森の豊かさに、彼は微かな危機感を持っていたらしい。これが魔力による恩恵なのは明らかだからだ。それに疑問を抱いた数少ない人物である。

しかも周辺国は魔力を失い、農林どころが農業すらも危うい状態。

このまま何もせず手を拱《こまね》いていて、万一魔力の無くなる事態になったら、フロンティアには未曾有の惨事が起こるのではなかろうか。

そんな漠然とした彼の不安は的中する。

小人さんの提出したノートには、彼が感じてはいても摑み切れなかった魔力の不安定さと、その弊害が書かれており、さらには、それにより起こりうる被害と、それに対する対策が事細かく記されていた。

これだっ！

刮目した伯爵は、あらゆる手を使い周辺国の実情を調べあげ、万全の態勢でこの議会に挑んできたのだ。難攻不落な保守派の老人達を蹴散らすために。

「フロンティアでは何もせずとも豊かな実りがあり、植物や生き物の成長も早い。こんなのは他の国では有り得ないのだ。フロンティアが異常なのですよっ！」

周辺国の魔力が尽きてから数百年。多くの物が失われ、その国々を助けるためにフロンティアは農耕地を拡げ、食糧支援に勤しんできた。

食べることにも困窮する他国と違い余裕のあるフロンティアは、その間に国として発展し、類い稀な法治国家へと進化する。

結果、何処の国もがフロンティアに一目おいていた。

小人さんが伯爵の熱弁を黙って聞いていると、向かいの席から仰々しい溜め息が聞こえる。

「だから何だ？　我が国は神々に愛された豊かな国だというだけだろう？　何故、魔力の消失などを考えて怯えなくてはならないのか。主の森が健在で人々も健やかだ。これが答えだろう？　世迷い言も大概にしたまえ」

呆れたかのような口調で宣うのは老齢な男性。こちらはバンフェル侯爵。

彼は真っ白な髪をふわりと緩く後ろに流し、浅葱色の瞳を仄暗く煌めかせた。

ロメールの話では保守派の筆頭で、頭っから魔力のない文明を劣等と蔑み、まったくグレイシオス伯爵の話を理解しないらしい。

「神々の恩恵を何と心得る。わざわざ金色の王が残して繋いでくだされた恩恵ぞ？　それを繋げ守ることこそが、神々の恩寵に報いる術であろうが」

「それが永遠だという保証がどこにあるのですか？　フロンティアのみが特別だなどと、誰に分かるのです!?」

「我が国には金色の王が降臨なさる。これが答えだろう。他の国にはない恩寵だ。神々に確約を求めると？　とんだ傲慢だ、不信心にも程があろう」

「神々は神々ですっ、その恩恵に感謝しつつも、努力を怠るべきではないと申し上げているっ！」

「そのような浅ましい真似をすること自体が不敬なのだ。それは裏を返せば、神々を信じておらぬこととなる。そんな簡単なことも分からぬかっ！」

捲し立てられる水かけ論。

あ～、こりゃ駄目だわ。

生温い笑みを浮かべ、小人さんは小首を傾げた。

「それって必要な議論なのかな？」

良く響く幼女の甲高い声。

それは広間に響き渡り、テーブルに居並ぶ人々が水をうったかのように静まり返る。

そしておもむろにノートを取り上げ、小人さんはノートの表面を軽く指先で叩いた。

「ここに記したのは、ほんの一例なんだけど？　もし、これが為されないなら、もっと大きな被害が予測出来るんだけど聞きたい？」

にっこりと無邪気な微笑みを浮かべ、小人さんはテーブルに座る大勢の人々を見渡す。

「是非にっ！」

身を乗り出したグレイシオス伯爵と対照的に、バンフェル侯爵はガタンっと大きな音を立てて席を立つ。

「下らぬっ！　賢《さか》しい子供の世迷い言など聞くに耐えぬわ。王女などと名ばかりの末席がっ!!」

侯爵は王宮晩餐会に招待されておらず、千尋の事も国王の養女としか知らない。これらは秘匿案件で、直接関わりのある王家や騎士団、それらの部下のみが知っており、箝口令がしかれていた。

通常の貴族らは、城を騒がす魔物が金色の王の僕で、既に金色の王が降臨していることくらいしか認識出来ていないだろう。

そこで小人さんは、わざとらしく被っていたフードを落とす。ふわりと靡く金の髪。

それを見て、広間の人々は一様に驚愕の眼を向けた。

「賢しい子供で悪かったわね。仕方無いでしょう？　その魔力をどうとでも出来るのが、アタシなんだから」

王の膝に座る幼女がこのノートの作制者だというのにも驚いたが、まさか金色の王その人だったとは。

思いもよらぬ状況に狼狽えた面々は、慌てて席から立つと床に膝をついた。

「あ～、そういうの、いいから。座って？　話をつめましょう」

王の養女となるような人物だ。金色の瞳をしていてもおかしくはない。だからこの場にいる小人さんの瞳が金色な事に疑問を持つ者はいなかった。

しかし髪も金色となれば話は別。片方だけなら珍しくはあっても、まま有ることと言えるが、両方を所持する者は一人しかいない。

伝説を目の前にして戦き、固唾を呑む人々。その中でただ一人、バンフェル侯爵のみが悠然と立っていた。

「だから何だと仰るか。神々のもたらした奇跡に手をかけようとでも？」

「そうだよ。神々は世界に魔力を与えた事を後悔してるんじゃないかなぁ？　近々、フロンティアの大地からも魔力は消えると思うんだよね。だから、すぐにでも人力で土壌改良しなきゃならないの」

真っ向から侯爵を見据え、小人さんはキッパリと断言する。

「分かる？　やる、やらないの議論をしている場合じゃないの。やるの一択、さらには早急にがっつく非常事態。……老害は黙っててよねっ!!」

小人さんの瞳が眼窩奥から燃え上がる。烈火のごとき眼光に、老害と呼ばれた侯爵は思わずたじろいだ。

「これだから阿呆が上にいると困るのよ。ロメール、ちゃっちゃと予定をたてて堆肥や緑地の開発をして。主の森を枯らしたら新たに森を作らないとだし、やる事は山積みだにょん♪」

呆れつつも頷くロメール。国王陛下は状況についてゆけず放心状態。

議論は、やる、やらないの水掛け論から、いかにして開拓するかの作業立案に移り変わっていた。

グレイシオス伯爵は水を得た魚のように張り切っている。適材適所な人物がいるのは好都合。

片側が盛んに話し合いをする中、もう片側は唖然と立ち尽くしていた。侯爵を筆頭とした保守派は反対意見なので、もうこの場に用はない。

「あんた達、役にたたないんだし、下がって良いよ？　他に仕事あるでしょ？」

幼女とも思えぬ冷たい眼差し。はっきりと言われて保守派の人々は動揺する。

ノートに記載されていた計画は一大プロジェクトだ。ある意味、国家の命運を左右する重大な仕事。それに関われないとなれば、己の評価も下がるし、家名に著しいキズがつく。

今さらながら、自分らの犯した失態を自覚して、真っ青になる保守派一同。

すがるような眼差しで小人さんを見つめるが、それに一瞥もくれず、幼女は国王の膝から飛び降りた。

「じゃ、あとは任すよ。アタシ、行かなきゃ」

「チィヒーロ？　どこへ？」

「キルファン国予定地だよ。万一、こちらが間に合わなかった時、あそこがフロンティアの食糧庫になるからね」

瞠目するロメールに、幼女は人の悪い笑みを浮かべる。

「何なの？　アタシが慈善事業で彼等に手を貸したとでも思ってた？　莫大なお金が動くのに、そんな事するわけないじゃない。掛けたお金は、きっちり返して貰うわよ。利子つきでね♪」

神々の思惑の一端に気づいた小人さん。そこから彼女はこの計画を立てていたのだ。

土壌改良、緑化、育成は、日本人の得意とするところである。大した時間もかけずに開墾は進むだろう。フロンティアの魔法の手助けがあれば、さらにそれは加速するはずだ。

北の荒野が農地になれば、フロンティアに万一が起きても何とか凌げるに違いない。

そういった下心もあり、小人さんはキルファンで移住者を募って、これでもかと準備万端に迎え入れたのだ。

良いことがあるかもと期待しつつも常に最悪に備えよだよね。昔の人は良いこと言うわ。

常に抜かりない小人さんの先見に返す言葉もない大人達。

天井にいたポチ子さんに吊るされながら、きゃっきゃと踊り、広間から退場する幼女様。

……食べることだけには余念ないよね、君。

うっすらと乾いた笑みをはくロメールだが、それが国のためになるのであれば文句は言うまい。

益体もない思考を投げ捨て、彼等は小人さんのノートとにらめっこをし、国中の土壌改良や、魔法を使わない道具開発の計画を立てる。

他国で既に完成された物もあるし、何より技術国キルファンからの移住者が多数いるのだ。

滅びの絶望は掻き消され、フロンティアは一縷の蜘蛛の糸を摑んだ。これが吉とでるか、凶とでるか。全ては神のみぞ知る。

そんなことは御構い無しに、空を翔る小人さん。

大人達を手玉に取り、今日も小人さんは元気です♪

神々の配剤

『ああ、まただわ』

気づけば真っ暗な場所。ねっとりと絡み付く重い空気に光る糸。

ハビルーシュは、縦とも横ともつかない曖昧な感覚を受けながら、緩やかに暗闇の中を彷徨う。

いつからだろうか。彼女が、こんな場所へ来るようになったのは。

固く編まれた糸はかなり緻密で、まるでかぎ針編みのショールような細かい編み目になっている。

その隙間から見えるモノは何もなく、ただ果てしない暗闇が不気味な音をたてて拡がっているだけだった。

だけど……。

『落ち着くわね』

しっかりとした糸で編まれた銀色の網のようなものは、たゆんっとしていて、寝そべると気持ち

いい。

何もかも忘れて、このまま闇の中に堕ちていけたら幸せだろうか。

そんなことを考えているハビルーシュの耳に、ふと糸が軋む音がした。

彼女が来るよりも先にいた先住者。ここはその人物が作ったモノらしい。

《ああ、来たね。あの子が待ちかねてたよ》

そう言う大きな生き物の足元にしがみつくのは小さな子供。その子は嬉しそうに、ハビルーシュを見つめている。

『あー……』

ふにゃりと笑う可愛らしい女の子。

『いらっしゃい。今日は何のお話が良いかしら？』

ヨチヨチと近づいてきた女の子を抱き締めて、ハビルーシュはお話をする。

思い出話から、お伽噺。とりとめもない雑談のようなモノだが、女の子はことのほか喜んでくれた。


微笑み合う一時の逢瀬。

そんな他愛もない二人を、八つの黒い眼が、じっと見つめていた。

「起きてくださいませ、側妃様」

軽く肩を揺すられて、ハビルーシュ妃は眼を開ける。

そこは見慣れた寝台。後宮北にある、ハビルーシュの宮だった。

側仕えの一人がカーテンを開け、他の二人が朝食や着替えの用意をしている。

トレイに載せられた朝食を受け取り、ハビルーシュは気だるげに食事をとりながら寝台のクッションにもたれた。

その頬は微かに緩んでいる。

「夢見がよろしかったのですか？」

一人の侍女が着替えをトルソーにかけながら少し不思議そうな顔でハビルーシュに尋ねた。

「そうね…、良い夢を見たような？　あら？　こちらが夢かしら？」

本気で首を傾げるハビルーシュ。

またかと、顔には出さずに脳内でだけ呟き、側仕えらはハビルーシュの支度を始める。

「今日はヘブライヘル・ラ・アンスバッハ辺境伯様がお越しになられます。ささ、御準備を」

「あら。御客様がおいでになるのね？」

諦めたかのような三対の眼差し。もう慣れたが、やはり疲れるものは疲れる。

あんたの父親ですよと、嘆息しつつ、再び脳内だけで呟く側仕えの侍女達だった。

そんな彼女らに着替えさせられながら、ハビルーシュは先ほどまで見ていた夢を思い出す。

いつの頃からだろうか。ハビルーシュは決まって同じ夢を見るようになった。

漆黒の闇に浮かぶ星空のような銀の褥《しとね》。

鳥の羽毛のごとく、ふわりふわりと落ちていった先には、小さな子供と八つの瞳がいる。

泣きじゃくる子供をあやしつつ八つの瞳から話を聞くと、そこは八つ眼《め》の作った褥で、いきなり女の子が落ちてきたらしい。

見渡す限り広がる銀の糸の褥は、たゆんっと波打つ柔らかさ。そこでハビルーシュは子供をあやすためにお話をした。

八つの瞳に見守られて、座ったり寝転んだり、自由気ままに女の子と遊ぶハビルーシュ。

そんな他愛もない夢を毎夜見る彼女だが、その記憶の半分は起きた時に消え、残り半分も食事が終わるころには忘れていた。

着替えを済ませた彼女は、窓から庭を眺めて、ふっくりと笑う。

「良い天気ね。今日の御茶はテラスでしたいわ」

「ですから。御客様がお越しになるのです。御茶は、また明日にいたしましょう」

「あら、そうなの？」

明らかに忘れた風な返事。

先ほど説明してから、まだ十分もたっていない。さらに言うならば、二日前から毎日同じ説明をしている。

割れるような頭痛と戦いながら、側仕えらはハビルーシュを後宮広間へと連れていった。

小人さんのお母さんは相変わらず御花畑に住んでいる。ただ、その長閑な御花畑は、得体の知れない誰かの思惑によって、少しずつ何かに侵食されていた。


「は？　アンスバッハ辺境伯？」


小人さんとテーブルを差し挟んで、ロメールはこっくりと頷く。

「ハビルーシュ妃の父親で、今回の君の提案に異議ありと駆けつけたようだよ。彼の領地にも主の森がある。君の巡礼を楽しみにしていただろうから、ショックも大きかろうね」

ああ、とばかりに小人さんはフロンティアの最後の森を思い出した。新生キルファン国の建築にかまけていて、半分忘れてたのだ。

御茶をすすりながら千尋はロメールの話を聞く。

「今日、その辺境伯がハビルーシュ妃の御機嫌うかがいにやってくるんだ。まあ、実のところ、君に会いにという気持ちもあるんだと思うよ」

人の口に戸は立てられない。

王宮晩餐会でテオドールと千尋を見比べて首を傾げる人々も少なくはなかった。明らかに顔立ちの酷似した二人に違和感を持つ者も居ただろう。

そういった噂が広まってないのは、ひとえにロメールらが箝口令を徹底してくれたからだ。

それでも完璧とはいかない。半年もたてば、いくらかの綻びが起きても仕方がない。その噂を聞きつけたアンスバッハ辺境伯が確認したくなるのも無理はなかろうとロメールは思った。

複雑な顔を紅茶の表面に映す彼に、小人さんは自作の御菓子を鞄から出して、ポリポリかじりながらロメールにも振る舞う。

それを受け取り、ロメールはしばし思案する風に眼を伏せた。

これも日常だ。甘味はすでに定着し、人々の憩いの一時を彩っている。

立体的な刺繍による装飾も当たり前になり、糸の種類や質を大して必要としないソレは庶民にも広がり、それぞれの個性が織り成す刺繍で服飾も賑やかになった。見ていて非常に楽しい。

そして今回のキルファン人らの移住により、多くの技術や道具が生み出されている。

元々、平民は魔力が乏しく、基本的な生活魔法くらいしか使えない。だから魔力のない生活にも然ほど困りはしないだろう。

困るのは、魔力が失われることによって生産性が落ちる国土。フロンティアの農業も牧畜も、あらゆる物が壊滅的な被害を受ける。王都から離れるほど、その被害は深刻になるだろう。

しかし、それらを打開する術も小人さんが示してくれた。その時に困窮せぬよう、キルファンが当然のように広大な農場や牧場を作っている。

彼等にとっては魔力や魔法などないのが当たり前。なんの疑問も抱かずに日々コツコツと働いていた。

魔法頼りなフロンティア側にすれば、人力だけで行われる作業は驚愕の一言なのだが。

……なるようにしか、ならないか。

つとロメールは自嘲気味に口元を歪める。

小人さんがよくつかう言葉だ。気づけばこの小さな子供がフロンティアを大きく変えていた。

ふっと軽く眼をすがめ、ロメールはもらった菓子を口に運ぶ。そして話を続けた。

「まあ、会いたいと切り出されたら会わないわけにはいかないかな。相手は辺境伯だしね。隣国と接する彼等には労いの意味もこめて、ある程度の融通は利かせたいんだ」

苦笑するロメールを見上げて小人さんも得心顔をする。辺境警備は国防の要だと彼女は理解していた。義務教育で習った歴史や前世のなんちゃってラノベ知識だが、大まかには間違っていないだろう。特段のはからいも致し方無し。

なるほどね。一応身内にもなるわけだから、顔くらいは拝んでおくのも一興か。

ふふんっと胸を張り、そそと扇を取り出した小人さんは、淑女よろしく優美な仕草でロメールを見つめる。

「よろしくてよ。今日は王女として城に滞在いたしましょう」

柔らかく微笑む幼子に理解が早くて助かると、ロメールは侍女を呼んで着替えさせた。

王宮には千尋の部屋があるから、そこへ向かって。

ほぼ使わないが、どうしても王室として御一家が揃わねばならない時、ここで千尋は小人さんの洋服を脱ぎ、王女に着替えるのだ。ワンシーズンに一度か二度程度だが、それでも一応の形として部屋はある。

クリーム色で無地のAラインドレスと肩から斜めがけの帯飾り。帯には細かい刺繍がされており、房飾りのついた組紐で結ばれていた。

そして頭にはウィルフェ王子から贈られたティアラが輝いている。シンプルな中にも気品の漂う立ち姿。

千尋のドレスを仕立てる時、なんの飾り気もないドレスを指定されて怪訝に思ったものだが、こうして改めて見ると見事なモノだなとロメールは眼を見張った。

ドレスはシンプルなれど上質の絹で、所々にされた銀の刺繍が程好く全体を彩り、装飾品の引き立て役になっている。軽やかで、かつ気品を際立たせた装い。

幼く可愛らしいからこそ、華美な装飾はいらない。下手に豪奢なあしらいは、むしろ重い印象を相手に抱かせる。

こういうセンスは、洋風な文化の色濃いフロンティアには無いものだった。

「いや、ほんと。君の感性には脱帽だね」

「たまの事とはいえ、王家の体面もありましょう。季節の色で数着仕立てれば、あとは装飾品で印象を変えた着回しが出来ます。便利なドレスでしてよ？」

その言葉どおり、彼女はオプションとして幾つもの飾りをこしらえている。

飾り襟や袖。ボレロやカフタンなど、重ねて着られる着衣を多数。これらと組み合わせることで、シンプルなドレスは艶やかにも清楚にも変わるのだ。

華麗な蝶の七変化。ロメールにしたら、まったくもって見事というほかない。実際、小人さんの装いを見て真似る貴族や平民も多く、今では重ね着がフロンティアの最先端となっていた。

オーダーメイドで一式を揃えるのが当然だった頃には考えられないリベラルさ。

これが良いのか悪いのか、男性である彼には判断がつかないが。

複雑な心境のロメールに、にこっと笑う小人さん。

……あのね、仮にも一国の王女が便利な着回しって。……まあ、そういう子だよね、君は。

呆れ半分のロメールが乾いた笑いを浮かべていた頃、王宮の謁見室では、バンフェル侯爵が国王を前に気炎をあげていた。

「このような神の御心に逆らう行為は許されませぬぞっ、陛下っ、今一度、御再考をっ！」

前回、幼女の気迫に呑まれ、あれよあれよと決まってしまったフロンティア土壌改良計画。国家規模で行われるそれは一大プロジェクトである。

区画を整理して農業と牧畜を併せ、土地を肥やしていき、問題があればその都度すり合わせる。長期に亘り行われる事業だ。

一夕一朝で出来るはずもなく、多くの資金も必要となる。

神々の恩恵が溢れるフロンティアには必要のない計画だった。ただの税金の無駄遣いだ。バンフェル侯爵は本気でそう思っている。

老骨から真剣な眼差しで見据えられ、国王は軽く溜め息をついた。

頑迷に変わることを善しとしない貴族特有の思考。古きを敬い、大切にするのは大事だが、それにのみ固執して未来どころが現在すらも見えていないのは、なんとしたことか。

時代は移ろい変化していくものだ。時の無情さを嘆くこともあれば、その薬効に癒されることもある。

子供らの成長を寿《ことほ》ぎ、自身の人生の終わりを噛み締め、振り返る歴史の中で変わらないモノなど何もない。何故に国家のみが不変なのだと考えられるのか心底不思議である。

国王は溜め息とともに澱んだ空気を吐き出し、真っ直ぐバンフェル侯爵を見据えた。

「それは何を根拠に申しておるか」

「根拠？」

「そうだ。周辺国が魔力を失い、文明が後退したことはそなたも知っておろう。それがフロンティアでは絶対に起こらないという根拠を述べよ」

言われてバンフェル侯爵は言葉に詰まる。神々の御心などと言う戯言が根拠にならない事は彼も理解していたからだ。

グレイシオス伯爵の言には隣国の実情という大きな根拠がある。一度起きた事が二度起きない保証はないし、余所で起きた事がフロンティアで起きない保証もない。

しかしそれは、フロンティアが神々に愛された魔法国家である矜持をいたく傷つけるものだった。

他国に起きた無惨な消失の時代。そんな大規模な厄災に世界が見舞われても、フロンティアだけは無事だったという奇跡。

これが神々の思し召しであり、この国が磐石な楽園であるのだと老骨は確信している。

ああ、そうだとも。フロンティアは神々に愛された唯一無二の楽園なのだ。

……だから、絶対に認めるわけにはいかない。

そう思って望んだ議会で保守派の一同は、その神々の寵愛を一身に受けているはずの金色の王から全否定されたのである。

神々の恩恵は絶対ではないと。

まるで夢見がちな子供を叱るように、あの幼子はバンフェル侯爵率いる保守派を一刀両断にした。現実を見ろと。なぜに、そんな盲目的に神々の恩恵を享受出来るのかと。あの幼子の据えた眼差しは、そう辛辣にバンフェル公爵達へ物語っていた。

言い淀む老骨紳士を見下ろし、国王は少し躊躇いながら口を開く。

「あれはな。神々から同等であると認められた子供だ。その行動に物を申すことこそ、神々の御心に逆らうことであろう」

思わぬ言葉を耳にして絶句するバンフェル侯爵。然もありなんと、国王はキルファンで起きた一連の出来事を彼に説明した。

ロメールや王宮騎士団が眼にした神々の降臨。その神々と対等に取引をした小人さん。

事実は小説より奇なり。今回の事態を引き起こした原因を説明されて、バンフェル侯爵は言葉を失った。

過呼吸のように肺から空気が吐き出せない。戦慄く口元をハクハクさせ、侯爵の脳裏には、まさかと思いつつも現人神の文字が過っていく。

「チィヒーロの行動を神々が認めておる。これ即ち、神々の代行をチィヒーロがやっているということに他ならない。朔日の議会には多くの貴族がいたため申せなんだが、そなたなら分かるな？」

努めて穏やかに話しかける国王。

バンフェル侯爵は、今になって、ようやく己の失態を理解した。

だが、それでも神々への信仰は揺るがない。たとえそれが神々の望むものではないとしてもだ。

彼は低い声で暇を告げると、静かに王の御前を辞した。

悄然《しょうぜん》とする老骨紳士の背中を見送りながら、国王は疲れたかのように玉座に沈みこむ。

このままで終わる訳がない。だが、何がどうなるかも分からない。


得体の知れない不安を胸に抱きつつ、国王は千尋の部屋に向かった。

今日は彼女が王宮に来ている事を国王は知っている。疲れたオジさんは、癒しを求めて無意識に小人さんの元へ向かっていった。

「チィヒーロや、お膝においで？」

「嫌ですわ、御父様。今日は御客様がおいでになられるのでしょう？」

「ああ、そろそろハビルーシュ妃と会っておられるころだな」

「わたくしがお膝にまいりますわ、お義父様っ」

「これ、ミルティシアっ」

「そなた、良いチーフをつけておるな、テオ」

「姉上様が刺してくださいました」


さて？　どれが誰の台詞でしょう？


薄くへらりと笑いながら、小人さんは少し遠い眼をする。とんでもなく賑やかな千尋の部屋の談話室。なぜか、どこからともなく現れた王室御一家が長閑に御茶などを嗜まれておられます。

正直、プチカオスです。

そんな胡乱な顔の小人さんを置き去りにして、家族は談笑に花を咲かせていく。そりゃあもう百花繚乱といわんばかりに花吹雪を撒き散らして。

「そうか、そなたの姉上らは五つになられたはずだな。手習いも進んでおろう」

テオドールのチーフに描かれた立体的な刺繍を指でなぞりながら、ウィルフェはチラチラと小人さんを見る。

いつものカエルのような姿と違い、淑女然とした千尋の振るまいに彼は思わず見惚れていた。

数居る妹らの中でも特出して優れた王女だ。しでかしてきた問題も多いが、それを凌駕する才覚こそがチィヒーロの存在感を王宮に知らしめている。

さすが金色の王と褒めそやす者もいるが、そんな肩書きなどただのオマケだろう。

彼女をフロンティア王にと望む声もチラホラあるが、父上は一顧だにしない。次期国王は第一王子だと譲らない。チィヒーロ自身も王家に興味はなく、野生児のように走り回っている。

うっすらとはにかむような笑みを浮かべ、ウィルフェは家族を見渡した。

父上と母上。ミルティシアにロメール叔父上。そしてテオドールとチィヒーロ。

他にも父上の弟妹や側妃様らやウィルフェの弟妹もいるが、彼にとって近しい家族はこの六人である。

他は滅多に逢わない。妃様方は後宮にいるし、七つ以下の弟妹もそちらにいる。

たまたまチィヒーロの来訪を知った家族達は、示し合わせたわけでもないのに自然とこの部屋へ集まっていた。

不思議なものである。

「のう？　チィヒーロや。今度の国土開発なのじゃが……」

「兄上。仕事の話はやめてくださぃ。またドラゴ達がすっ飛んできますよ？」

何かを相談したかったらしい国王陛下を厳めしげな顔で牽制するロメール。

「ねぇねぇ、チィヒーロっ、わたくし刺繍がじょうたつ？　いたしましたわっ！　こんど、おそろいでリボンに刺しませんこと？」

「あら、良いわね。わたくしも参加したいわ」

きらっきらな笑顔を惜し気もなく振り撒き、小人さんの横に居座るミルティシア。そんな姉妹を穏やかに見守り、微笑む王妃様。

「ならば今度お茶をいたしませんか？　僕の母上も刺繍に興味があるようなんです」

テオドールも負けじと参戦する。温かく賑やかな家族の一幕にウィルフェの胸は一杯だった。

ああ、良いな。みんなが幸せそうに笑っていて、話題に事欠かず、これでもかと弾むお喋り。

今までの王宮ではあり得ない光景である。

後宮では大抵が母親の一族を係累とし、他の妃や子供らと顔を会わせることもない。王妃である
ウィルフェの母親がおおらかで懐深く、時折季節の茶会を開く程度。未だに顔や名前が一致せぬ弟妹もいる。そんな薄い付き合いしかしない王族達は、親といえど謁見を求めねば滅多に会えなかった。

過去にテオドールと入れ替わり、王宮散策をしていた千尋も国王に会えるのは月一ほどで、正直、顔すらうろ覚えだったのは乙女の秘密である。まあ、国王の方も覚えていなかったし、無問題。

そんな家族がひとところに集まり、楽しく談笑している規格外な光景は、ウィルフェの眼の奥を熱くさせる。

こんな家族の絆を結んでくれたチィヒーロに、彼は子供心ながら素直な感謝を抱いていた。いつまでもこの暮らしが続けば良いと。

そんなこんなで和気藹々と笑い合う王室御一家の部屋へ桜がやってきて先触れを告げる。

「アンスバッハ辺境伯閣下が千尋様にお目通りを願っておられます」

……来たな。

ふっくりと笑みを深め、小人さんは小さく頷いた。

それを見て、桜も踵を返して辺境伯を案内に出向く。

「では、出陣して参ります」

たむろう家族に暇を告げ、小人さんは意気揚々と応接室へ向かった。

「……いや、祖父の面会だからね？　出陣って何さ」

思わずロメールの眼が据わる一幕があったのも御愛嬌。

祖父ねぇ。あん時のバンフェル侯爵を見た限り、貴族の老害どもは頭が固くて油断のならない敵なのよさ。うん。

ロメールにもそういった見解はあるが、千尋が持つモノとはベクトルが違うため理解出来ない。

彼にとって古参貴族は、足元を掬われぬよう警戒し利用する消耗品。千尋にとっては、跡形なく排除して産廃宜しく処理してしまいたい障害物。

幼女の見てくれや面倒見の良さから彼女を甘く見る人間は多いが、実のところ、現代知識を持ち、超リアリストな千尋が一番冷徹思考の持ち主なのである。

彼女にとって人間は二種類しか存在しない。信じるに足るか足らないか。

そして信じ愛する身内のみに底無しに甘いのであって、その他に分類された人間らには全くの無関心。どうなろうと知ったことではない。

孤児院救済など数多な小人さんの活躍は、ただ単に彼女がそうしたかっただけである。気に入らないことを思いどおりにしたかっただけ。その余禄として人々の笑顔が増えるのだから儲けものだ。

真の我が儘者は世界を救う。偽善上等。やらない善より、やる偽善だ。自覚のある偽善者に恐れるモノは何もない。

千尋は悪い奴等がのさばるのが嫌いだ。子供達が御腹を空かせているのが腹立たしいし、あらゆる嘆きや怒りの涙が乾いてほしいと切に思う。

なので己の欲望を満たすべく、幼女は傍若無人に我が儘を貫いていく。


さあってと。お手並み拝見かな？

にやっと悪い笑みを浮かべ、千尋は桜を伴い応接室へ入った。そこに佇む初老の男性。煉瓦色に近い薄茶な髪と翡翠色の瞳。

これがアタシの爺っちゃんか。お母ちゃんには似てないなぁ。ハビルーシュ妃は嫁さん似なのかな？

しっとりと優雅な所作で椅子に座り、小人さんは祖父を見上げた。彼は恭しく頭を下げて幼女に挨拶をする。

「お初に御目もじいたします。ヘブライヘル・ラ・アンスバッハと申します。お見知りおきを」

「チィヒーロ・ラ・ジョルジェです。以後、よしなに」

アンスバッハ公爵は、まるで値踏みするかのように千尋を見つめる。そんな不躾な眼差しをぺいっと叩き落とし、幼女は過不足ない労いを口にした。

「遠路はるばるのお越し、お疲れでしょう。わたくしにお話があるとお聞きしております。手早く済ませて、ごゆるりとお寛ぎくださいませ」

話があるなら早くしろと言外に含ませる幼子に眼を見張り、ヘブライヘルは軽く咳払いをする。

……なんだ？　これは。聞いていた話と違うな。

ここに来るまでに集めた情報では、無邪気な子供としか聞いていなかった。賢く物知りだが、まるで平民のような子供だと。

シリル達が千尋の誘拐に失敗し、カストラートへと逃がさなくてはならなかった辺境伯は、新年晩餐会に出席していなかったため、王族としての小人さんを知らない。さらにはバンフェル侯爵からの手紙による先入観で、件の幼女に小生意気な悪ガキ的な印象が植え付けられてしまっていたのだ。

だが現れたのは王族として相応しい王女殿下。それも年相応ではない落ち着きと作法を見せる、すこぶるつきな御令嬢。

さらには言外に含みを持たせるなど成人した貴族並みの口上を見せつけられ、下手は打てないことを暗に察し、アンスバッハ辺境伯はぴっと襟を正した。

こうした切り替えの早さはさすが古参の貴族である。バンフェル侯爵にも見習って欲しいものだ。

軽く咳払いをし、アンスバッハ辺境伯は今回の目的を口にした。

「今回の国家事業にあたる計画ですが、貴女様の発案で間違いございませぬか?」

「相違ない。わたくしの発案です」

しっとりと優美に答える幼女。その眼は無邪気そうに弧を描いているが、瞳の奥底には挑発的な光が瞬いている。

可愛らしい容貌に似つかわしくない鋭利な雰囲気を醸し、大きな椅子にちょこんと座る彼女は、膝をつくヘブライヘルを見下ろして首を傾げた。

「お話は終わりかしら?」

ほくそ笑むその顔にヘブライヘルの全身がゾワリと粟立つ。目の前の幼子から感じる覇気は今まで経験したこともない恐れを彼に抱かせた。

……なんだ？　この生き物は。本当になんなんだ？

人間、己の物差しを越えた存在には恐れを抱くものだ。孫だと思われる幼女の得体が知れない雰囲気に固唾を呑み、辺境伯は少し眼を臥せた。

「いえ……。それは、どうしてもなさねばならない計画なのでしょうか？　いずれ、フロンティアから魔力が失われると、貴女様は本気で考えておられるのですか？」

総毛立つ全身に苦戦しながらも、ヘブライヘルは確認すべき事柄を口にする。

「……失われると考えているというか、失わせようとしているのですよ。わたくしがね」

言葉の意味が分からない。

怪訝そうな光を瞳に浮かべるヘブライヘル。それに失笑を隠しもせず、小人さんはロメールらや他にした説明を彼にも繰り返した。

神々はキルファン帝国を守っている。そして、その魔力を必要としない文化を広める事を喜んでいた。これから推測するに、神々はアルカディアの大地から魔力や魔法を消し去りたいのだろう。だから周辺国は主の森の恩恵を忘れ今の状態にある。

たまたま金色の王が降臨するフロンティアにだけ魔力が残ってしまった。これはきっと神々にとっても予想外であったはず。ならば御意志に従い、自ら魔力を放棄する事こそが、神々から頂いた今までの恩に報いる術ではないか。

ゆったりとした口調で話す幼女から、ヘブライヘルは眼が離せない。

「その一環が国を挙げての土壌改良なのです。神々は魔力を消し去りたくとも、人々が苦しむ事は望んでおられますまい。ならば後顧の憂い無きよう、我々が民に進むべき道を示さなくてはなりません。農地と牧畜を改善し、正しい世界の理に戻す。これが急務なのです」

茫然とした顔で聞き入るアンスバッハ辺境伯。

「つまり、失われるのではなく、御返しするのです。今まで頼りきっていた神々の魔力を。人間は神々の庇護から抜け出して、一人立ちするのですよ、アルカディアの大地に。子供は何時か親離れするものですもの」

瞬きもせずに聞いていたヘブライヘルは、その言葉の正しさを理解した。あまりに整然とした言葉の数々は、初老の自分の胸にすらしっくりとおさまる。

今まで人々は神々の恩寵に浸りきっていた。まるで赤子が母親にすがるがごとく、当たり前に魔力や魔法の恩恵を享受していた。

それが神々からの借り物なのだと、今になって、ようやくヘブライヘルも気がついたのだ。借りていた物は返すべきであり、温かい庇護下にある者はいずれ巣立つものである。人の倣いに合わせれば全て納得のいく話だった。

しかし、ならばなぜカストラートに御神託を降される神は、魔法の復活を望まれるのか？

相反する神々の御意志。

周りの話によれば、この幼女は創造神様から、直々に御加護を受けたという。その証拠に、キルファン人数千人が一気にフロンティアへ転移した。

そんな御業は神々にしかなしえない。

光彩をいただく金色の王。森の主を僕として従え、金色の魔力を操る幼女は間違いなく神々の序列に連なる者。カストラートの予言者とは比べ物にならないほど尊い御方だ。

となれば、カストラートの御神託が間違っている？　あるいは偽られている？

分からない……。

生まれも育ちもフロンティアなヘブライヘルは、曽祖父の悲願を代々継承しつつも、カストラートにはない自由を知っていた。

もちろん祖国であるカストラートへの忠誠は変わらない。物心ついてから刷り込まれたカストラート王家の末裔という矜持。時には言葉で、時には暴力を用いてでも、骨の髄にまで刻み込まれた呪い。

男子には言葉と虐待で、女子には薬でと、抗いようのない洗脳を繰り返してきたアンスバッハ辺境伯家。それが正しい事であり、祖国の悲願を達成するためならば、手段は選ばないという気概の表れでもあった。

だから、祖国からの勅命に否やはない。

だが、それは唯々諾々と破滅に殉じるという意味でもないのだ。

……確認せねば。

魔力、魔法の復活は曽祖父の悲願であれど、それが神々の御心に沿わぬならば、足を踏み入れたこともなくまだ見ぬ祖国にとって禍となりかねない。
ヘブライヘルは、手土産にと持ってきた御茶を置いて、足早に千尋の前を辞した。

小人さんの周りは常に動く。予想外に。

神々の範疇から飛び出した小人さんの言動、行動は、あらゆる人々の物差しをへし折って突き進む。それは隣国をも巻き込み、神々の御心へとにじり寄っていた。
その行動や原理は全くの真逆なのに、なぜか同じ答えへと辿り着く謎。

じわじわと、世界にその存在を知らしめつつ、今日も小人さんは元気です♪

「さあってと。それじゃ、また旅支度だね」

新生キルファン国の下地もフロンティア土壌改良計画も軌道に乗り始め、ようやく千尋は西の森への巡礼支度にとりかかった。

荒野に出来た街はキルファンの技術の粋を集めたモノになりそうで、フロンティアの魔法との相乗効果が如何無く発揮されている。

これはフロンティア側の土壌改良も同じで、御互いの良い面が見事に合致し、有り得ない速さで事が爆走していた。

己の才覚に自負のある者の殆どはフロンティアに移住してしまったキルファン。国民の半数以上を失って今頃どうなっているのやら。

まあ、仕方無いよね。下を大事にしないから、こうなったんだし。これも自業自得よね。

益体もない思考を振り払い、幼女は申請書類に眼を落とす。人員は何時もの面子で。西の森までは馬車で四日ほどと聞くから、途中三泊。場合によっては数泊増える。

千尋はガラスペンで頭を掻きつつ、地図を広げて予定を立てた。

気になる木の多目的広場で一泊。辺境伯領地で二泊か。これって辺境伯んとこに寄った方が良いのかな？　後でロメールに聞こう。

さらさらと必要な人員と物資、そして往復の日程を入れて、小人さんは書き上げた書類を手に王宮へと向かった。

「ロメールぅ、これでダイジョブかな？」

ポチ子さんに抱えられ、ぶい〜んと天窓から現れた小人さんを見て、ロメールはあらかさまに顔を歪める。

「チィヒーロ。クイーンの真似をするんじゃないよ。ちゃんと両足で歩きなさい」

周囲は降りてきた小人さんをチラリと一瞥しただけで特に驚いた様子もない。黙々と仕事を続ける部下を横目に、ロメールは頭痛を覚えた。

お前達も慣れるんじゃないよ。なんで、誰一人、苦笑すらしないのさっ！

ひそかに王宮で呟かれる魔法の言葉。

だって、小人さんだもの。

この暗黙の了解は厨房のみならず、王宮全域に蔓延しつつある。なのになぜか、小人さんの一番の理解者である御仁のくせに未だ常識人ポジにしがみつこうとするロメール。

それでもロメールは千尋が差し出す書類を受け取り、ざっと確認して小さく頷く。

「そうか、西の森へ行くのだね。うん、大丈夫。これで良い」

書類には王族の旅支度とは到底思えない少ない人員と費用が書かれていた。しかしそれが小人さんにとって一番楽な仕様なのだとロメールは知っている。

最低限揃っていれば、あとは何とでもしてしまうのが、この娘だ。むしろ、従者もなくポチ子さんとかっ翔んでいってしまう可能性すらある爆弾娘。それを考えたら、こうして書類で申請して貰えただけでも御の字だろう。

達観するロメールを見上げて、千尋は少し物憂げに尋ねた。

「辺境伯領地で二泊する予定なんだけど、アンスバッハ辺境伯に挨拶に寄った方が良いかな?」

一瞬、眼を丸くしたロメールだが、次には柔らかい笑みで小人さんを抱き上げる。

「そうだね。領地を通過するのだし、挨拶はしておいた方が良いね。まあ、挨拶だけで済まない可能性が高いが」

ほに？　っと首を傾げる小人さん。

それに苦笑し、ロメールはソファーに腰掛けると幼女を膝に座らせて静かに説明した。

いわく、貴族とは体面を重んじるモノ。身分の高い方を賓客としてもてなせるのは、この上ない誉れで、誰もが手ぐすねひいて待ち焦がれる。

それが王族ともなれば、当然、領主へ労いの挨拶の一つも旅程に入れなくてはならない。

「だから挨拶の先触れを出せば、アンスバッハ辺境伯は全力をもって君を歓待するだろう。一泊は覚悟してね」

「ほへー。それじゃ、一泊分旅費が浮くね。それって帰りでも良いのかな？　行きは、なるべく急ぎたいの」

……君の関心はソコなの？

旅費が浮くとか、そんな配慮要らないから。君は王女なんだからね？　何不自由なく旅をする権利があるんだよ？

喉元まで出かかった言葉をロメールは賢明にも呑み込んだ。

その不自由すら、楽しんじゃうのが君だものねぇ。

つくづく、誰よりも小人さんを理解しているロメールである。

「という訳で、何時もの面子で旅支度よろしくっ」

すちゃっと敬礼して宣う幼子を、ドルフェンとアドリスは呆れたかのような眼で見つめた。

「もう、夏も半ば過ぎですよ？　この暑さの中で巡礼ですか？」

「しばし待てば涼しくなります。それからの方が宜しいかと」

なるほど。ロメールからは指摘されなかったが、現場を知る二人にしたら夏の旅行はお勧め出来ないらしい。

そういや、去年も誰かが避暑に行くとか聞いたことないし、そういう習慣も無いのかもしれないな。

言われて千尋は、今までの旅も春待ちしていたことに気がついた。温暖なフロンティアでは冬でも滅多に雪は降らない。それなりに寒いが、凍りつくような寒さではない。

その分、夏は暑い。半端なく暑い。

茹だるような暑さにダレていた千尋を見かね、ポチ子さんが水魔法の水を抱えて羽で風を起こし、気化熱を利用した冷風を作ってくれた事を思い出す。あれがなくば千尋は夏の夜を眠れずに過ごしたに違いない。

他の蜜蜂らと協力して、小人さんのために一日中冷風機と化してくれるクイーンの子供達には本当に感謝しかない千尋。今も室内ならば、準備万端で蜜蜂達が待っている。

そのせいで、少し他と感覚がズレている小人さんだった。

「まあ、そのへんは蜜蜂らが何とかしてくれると思うからっ、とにかく、急いで向かわないとダメなのっ！」

わちゃわちゃと手足を振って話す幼女にほっこりしつつ、仕方無さげな顔でドルフェンらは頷く。

真夏の盛りに護衛を命じられた騎士団も、小人さんの御願いなら否やはない。

うんざりと太陽を睨めつけながら、それでも精力的に騎士団は動いてくれた。

後日、馬車に並走する彼等のため、背後に蜜蜂が張り付き、冷風機役を買って出てくれるのだが、その幸福な未来を今の彼等は知らない。

SS.護衛騎士の憂鬱

「ユーリス、大丈夫か？」

「あん？　何が？」

軽く斜にかまえてふてぶてしく立つ若者。藍色の髪を短く切り揃え、いささか暗く澱む深緑の瞳。

ドルフェンは、その虚勢を見抜きつつも鷹揚に頷いた。

「平気なら良い」

上司の柔らかい眼差しに微かな慚愧《ざんき》を覚え、ユーリスは顔を俯かせる。己の失態が腹立たしい。

実は彼は、ある事情から蜜蜂らを心底嫌悪していた。それをあからさまに示してしまい、小人さんに気取られたのだ。

彼は巡礼に同行するために集まってきた蜜蜂を見て、顔を強ばらせ思わず炯眼をすがめてしまう。燃えるような憎悪の光。彼は魔物が大嫌いだったのだ。

主の一族だのといっても所詮は獰猛な魔物だ。いつ何時、人々に牙を向けるか分からない。そんな疑心暗鬼な彼の胸の内は、聡い小人さんに見抜かれた。

「なん？　その眼」

やや低い声音で尋ねられ、彼は言葉を喉に詰まらせる。

ユーリスは双子の兄を持つ平民出身の騎士だった。平民には珍しい藍色の髪は彼の魔力の高さを示し、貴族に比べれば少なくはあるものの騎士への道を開いてくれた。

父親が街の兵士をしていたユーリス兄弟は目の前に拓けた騎士への道に心底喜び、邁進していく。しかし彼らが学習院へと進んだ頃に、魔物との戦いで父親は大怪我をした。結果、父親は兵士を引退せざるをえなくなり、家族は経済的な窮地に陥ったのだ。

平民だったがゆえ大した補償もなく、僅かな退職金を遣り繰りして母親はユーリス達を学校に通わせてくれた。身を粉にして働く母や姉達。それを目の当たりにしてきた彼は、いくら金色の王の僕とはいえ、魔物である蜜蜂達に言い知れぬ嫌悪感を抱く。いや、もはや不倶戴天と言っても過言ではないだろう。

だから、初めて蜜蜂らが王宮に飛来した時は心底驚いた。反撃に転じようとしたユーリスを周りの騎士達が止めるのが理解出来なかった。

「主の一族だっ！　手出しはならぬっ！　これらは人を襲わないっ、襲われたとしたら、人に非があるっ!!」

はっ？

唖然とするユーリス。だが、確かに蜜蜂らは飛び回るだけで人間を攻撃してはいなかった。疑心暗鬼なまま時間が過ぎ、気づけば王宮にいた蜜蜂らは消え去っていた。

なにがなんだか分からないまま、王宮にはなし崩し的に主の子供達が蔓延るようになる。

後々知った話だが、あの時は蜜蜂様が主君と仰ぐ金色の王の窮地だったらしい。その主を救うため、奴等は王宮へ飛来してきたのだと。そして不甲斐ない人間らに愛想を尽かし、金色の王の護衛として主の子供らを待機させているのだと。

馬鹿げてる。ユーリスは、そう思った。

魔物だぞ？　主君？　そんな高尚な意識が奴等にあるわけないだろうっ!?　あんなのは、ただの野獣だ。なんでそんな簡単なことも分からないんだ？

彼には周囲の騎士らが何故にこれを許容し、それどころが歓迎すらしている雰囲気なのか全く理解出来なかった。

前述したように、彼は平民である。騎士の座学で金色の王の事や、それにまつわる話を学びはしたが、正直なところ偉大な王を讃えるための与太噺としか思っていなかった。

数百年ごとにしか生まれない金色の王など、眉唾も甚だしい。そう思っていたのだ。

これが貴族であり、貴族学院に通っていたのであれば話は別だった。多く遺された文献や歴史から、事実なのだと理解出来ただろう。他にも、当時の詳細な物品など貴族学院には金色の王に関する物が多種多様に納められていた。

口伝的に継がれるモノも揃っており、金色の王を身近に感じられる教育が施されている。

だが、彼は平民だ。彼の通った学院は国の運営で無料だったが、続けて通うには平民の中でも裕福な者らに限られる。

子供だって十歳にもなれば立派な働き手なのだ。通常の親なら、読み書きと釣り計算が出来れば十分だと二、三年で学校へ通わせるのを止めてしまう。それが普通だった。

だから十三の立志、あるいは十五の成人まで学校に通えるのは必然的に裕福な家庭だけになってしまう。

本来であれば、父親が働けなくなった時点でユーリスも通えないような学舎なのだが、息子らが父を尊敬して騎士になる夢を持っていると知る家族は、身を粉にして息子達の夢を応援してくれたのだ。

自分らも働きに出るといったユーリス兄弟に、家族は笑って首を横に振った。

夢を叶えなさいと。片足を失い、まともに働けなくなった父親すらも、座ってやれる内職などを見つけて僅かばかりな金子を稼いでくれた。騎士になれと。

平民が騎士団の試験を受けるには学習院を卒業している事が必須条件である。即座に騎士としての座学を身につけるには、最低限の知識と教養が必要だ。そのボーダーラインが学習院卒業なのだった。

家族の心からの支援を背に受けて、それがさらに魔物への厭悪と変換されたユーリスは見事試験を通過し、誰よりも前に出る強者へと成長した。

魔物が人を襲うのが日常のフロンティアで、彼等は嬉々として魔物を屠る矛となる。八つ当たりの自覚はあるが、愛しい家族が貧しい窮状に陥った原因に容赦はしない。

それどころが、これを一体倒すごとに、どこかの誰かを守れたのかもしれないと、欺瞞な高揚感すら覚えていった。

ああ、そうさ。これは正しいことなんだ。こいつらは生かしておいてはならない生き物なんだ。

確信犯的な昏い愉悦。皮肉なことに、そのユーリスの貪欲な討伐意識は、民を守る使命を持つ騎士団に歓迎された。

しかしその騎士団でも、唯一倒してはならない魔物がいる。それがクイーン率いる巨大蜜蜂達だ。

騎士の座学で習う一番最初の教え。

《主の森を侵してはならない》

これは学習院や平民の間でも常識で、主の一族をキズつけようものなら何百何千という蜜蜂らから報復を受けるという分かりやすい理由を口酸っぱく叩き込まれた。彼等が災害級の魔物と呼ばれる由縁である。

自由自在に宙を翔け、一匹でも厄介な魔物が天を覆い尽くす規模で襲ってくるなど、誰も想像したくない。だがその事実はユーリスに手酷い敗北感を与えもした。

人は魔物に敵わない。そう言われている気がしたのだ。

主の一族でなくば騎士団は戦える。今までに負けた事もなく、ユーリスは武術の腕を必死に磨き続けてきた。平民である彼は魔力量が少なくて魔法が得意ではない。しかし、それを補ってあまりある卓越した弓の腕を持っていた。

五十メートル先の木苺の実を、実そのものではなく茎で落とせる正確さ。古くから伝わる木苺落としと呼ばれる妙技を会得出来る者は少なく、ユーリス兄弟らは御前試合の花形として讃えられるほど有名だった。

少ない魔力を身体強化に回し、彼の眼は百メートル先も正確に視認出来る。その気になれば、百メートル先の木苺すら落とせるだろう。

だからこそ、ユーリスの憤懣《ふんまん》はやるかたない。

自分であれば幾百来ようとも蜜蜂らを落とせる自信があった。戦う前から負けた気にさせられる、騎士団や王宮の蜜蜂達への敬意。生粋の貴族ではないユーリスには理解の及ばない感情である。

それが馬車に乗り込む蜜蜂達への嫌悪となって表れたのだ。

そしてそれを、小人さんは見抜いてしまった。

「この子らが、あんたに何かしたん？」

あからさまな侮蔑を感じた幼子は、きょんっとした顔でユーリスを見上げた。その言葉にユーリス自身も瞠目する。

……何もされてはいない。

初めて自覚した現実。

魔物という一括りで蜜蜂らを見ていた己にユーリスは愕然とする。主の一族は知性ある魔物だ。そのように座学では習った。

魔物に知性？　と、過去には鼻白んだものだが、こうして金色の王が降臨した事で、その事実は浮き彫りとなる。

今まで蜜蜂らが人を襲うなど無かった事もまた事実。それを自分は都合よく見ぬふりをした。大人しくあろうとも所詮は魔物だと。

その理不尽さに今さら気付き、ユーリスは思わず口許を押さえて絶句する。

……なんたる狭量。なんたる不遜。

やや哀しげな小人さんに返事も返せず、彼は酷い自己嫌悪に陥ったのだ。

未だに癒えぬ自尊心と良心。自分は正しいのだと弓をつがえてきた長い日々。それらが間違っていたわけではないだろう。己の無知がさらけ出されただけである。

苦い思い出を振り返り、ユーリスは拳を震わせた。

あのあと小人さんは何も言わなかった。特に気にした風もなく、普通に旅を続けていた。チリチリと炙られるユーリスの後悔を余所に巡礼は恙無く終わりをつげた。

そしてまた巡礼が始まる。前回と同じメンバーが徴集される予定だが、彼は小人さんに合わせる顔がない。

仕事を終えて酒をあおるユーリスの後ろ姿には、たとえようもない哀愁が漂っていた。

「人間にだって良い奴もいれば悪い奴もいる。魔物もそうなんだろうな」

悄然とするユーリスの背中を同僚のリューバが叩いた。彼も平民でユーリスの家の事情を知っている。魔物との戦いで騎士爵を得た二人は、同郷である事も手伝い、気の合う仲間同士だった。

「悪い事をしたと思ってるんだろ？　なら行動で表せば良いさ。幸い小人さんはそこらの貴族と違って俺ら寄りな所があるし、きっと許してくれるよ」

確かに。

平民から成り上がった男爵の娘な小人さんは、どちらかというと平民寄りな気質をしていた。厚手のワンピース一枚で走り回る姿など、ユーリスの妹らの幼い頃を彷彿とさせる。

……心から謝ろう。

しかし後日、謝罪を口にしたユーリスに、小人さんは辛辣な眼差しを向けた。

「だからぁ？　あんたの事情なんかアタシには関係ないもの。うちの子らを蔑んだ事、絶対に忘れないからね」

にぃ〜っと悪い顔で口角を歪める小人さん。

「そっちの事情なんて知ったことか。うちの子らが気に入らないならそれで構わない。今後一切関わらなくてていい。視界に入るな、入れるな。近づくな」

冷徹極まりない言葉の数々。薄くすがめられた光る炯眼。まったくもって小人さんの言うとおりである。

鉄壁の拒絶。論より証拠。口先だけなら何とでも言えようと、幼女はユーリスを鼻でせせら笑った。

小人さんは気にしていなかったのではない。ただ単にどうでも良かったのだ。ユーリスが蜜蜂をどう思おうと、関係のない赤の他人の戯れ言に過ぎない。

だが、こうして目の前に立つのであれば容赦はしない。言いたいことは言わせてもらうし、神経がざらつく。

「王宮がつけた護衛だしね。文句は言わないよ。でも、あんな眼でうちの子らを見るなら、アタシの前に顔を出さないでね」

一刀両断。この時ユーリスは、小人さんからその他大勢のカテゴリーに投げ捨てられてしまった。

そしてここから彼の憂鬱で身勝手な贖罪が始まる。

家族命な小人さんの逆鱗に触れたのだと覚ったユーリス。

自分だって何の謂れもなく家族を貶められたら腹がたとう。あからさまな侮蔑や嫌悪の眼で見る奴がいたら、そいつと顔を合わせたいとは思わない。

それと同じ事を小人さんにしたのだ。彼女がユーリスを疎ましく思っても仕方がない。

己の浅はかさに反吐が出そうだ。勝手に敵視して憎み、見下した。それに彼女が怒りを覚えるのは必然だ。心からお仕えして許して頂かなくては……っ!


今から始まる長い汚名返上の旅路を彼は知らない。

魔物らと近しくなり、共に小人さんを守り、アルカディア史上例を見ない破天荒な旅路が待っているなど、今の彼は知るよしもない。

小人さんの愉快痛快冒険劇は終わらない♪

頽れた神々 ～胎動～

「また遠征なのか、チィヒーロぉぉ」

今日も長閑なフロンティア王宮。

情けなく眉根を寄せて、ドラゴは幼女を腕に抱き、頬ずりする。それに苦笑いして千尋はドラゴの首に抱きついた。

「あと少しだけね。たぶん、これで遠出はなくなると思うから」

「ああ。そうしたら、一緒に沢山料理を作ろう。約束だぞ？」

「うんっ」

微笑ましい親子の抱擁。それを穏やかに見守るナーヤやサーシャと、二人の間に交ざりたくて隙間でジタバタするポチ子さん。

その誰もが、今の日常が続くのだと疑ってはいなかった。

この巡礼が今生の別れになるなどと、誰一人知りもしなかったのだ。

神々以外は。

《非常に胸が痛みますね》

《仕方がない。御借りしたものは返さなくては》

アルカディアの双神は悲痛な面持ちで下界を見下ろしている。

《御先は生まれなかった》

《金色の魔力の憑代《よりしろ》は生まれなかった》

創世神の代行役を担える憑代、《御先》。これが生まれてくれれば賭けの勝利は間違いない。直に創世神とコンタクトをとれる《御先》が下界にいれば、人々は過ちを回避し大抵の事象を乗り越えられる。

だがこれは長く人と関わり、大地に根差し、神々の力を降ろせる形代があって初めて誕生する。ソレとなる可能性を森の主らに期待はしたが、彼等は人々に忘れられ、主らも忘れ、《御先》への進化は閉ざされた。

あとは小人さんが賭けの結果を見届けるだけ。どちらに転ぶかは神々にも分からない。

陰鬱な面持ちのまま、双神は天を振り仰いだ。天上界の空は白く淡い。

そこには神である彼等より、さらに高次な存在がいると言われている。その高次なる者を見た神はいないが。

ただ、新たな神々が生まれる事から、そういった存在がいるのだろうと推測されるだけ。

事実、神々にも犯してはならない不文律があり、それに咎めがくだる。人々を見守り見通す神々を、さらに見守り管理する存在は確かにいるのだ。

……本当におられるのならば、我が子らに御慈悲を。

一心不乱に祈るアルカディアの双神を他所に、レギオンも自分の作った世界を見下ろしていた。

そこには、生まれたばかりの頃のアルカディアに負けない荒涼な風景が拡がっている。以前は緑に溢れ、生気に満ちた美しい世界だった。どこの世界にも滅多に見ない最先端の優れた文明を誇り、ヘイズレープの人類は華やかな人生を謳歌していた。

……しかし人間は道を違えた。

最新の科学力を過信し自ら破滅への未来へ踏み出し、最後は愚かにも共倒れを目論んで全ての大地を破壊した。

些細な切っ掛けから起きた戦争が人々を狂気に陥れ、文明を根底から覆し、夥しい科学の毒が生き物も植物をも呑み込み死に至らしめた。

おぞましい猛毒に汚染された大地に生き物は棲めず生えず、瓦礫の山と化した地表では凄まじい勢いで砂漠化が進んでいる。

殆どの土地が毒に侵食され、わずかに残った清浄な土地で肩を寄せ合い生き残っている命達にも然したる時間は残されていない。

滅亡待ったなしな、彼の世界。

己の世界が壊れる寸前だった彼が泣きながら悲嘆に暮れているところへ、新たな神々と世界が生まれたとの知らせが届いた。

終わりを迎えそうな彼の世界へイズレープと産声を上げたばかりのアルカディア。なんたる皮肉か。

やや自嘲気味な顔で新しい世界の見学に訪れた彼は、その御粗末なアルカディアを見て妙な親近感を感じる。

荒涼とした大地に二割程度の緑。だが永い年月をかければ。本当に気が遠くなるほどの年月をかければ、ひょっとしたら命が生まれる可能性はあった。

この生まれたばかりの大地は汚染されてはいないのだから。過酷であれど、揺るがない未来が残されている。

そこまで考えて、彼の脳裏に悪魔のごとき案が閃いた。

一歩間違えれば己の存在すら危うくなる賭けだ。しかしこのまま指を咥えて看過していたら、間違いなくヘイズレープは滅ぶ。世界と命運を共にする自分も。

……一か八か。

こうしてレギオンはアルカディアの双神に賭けを申し入れた。

この賭けに勝つことが出来れば、彼の世界に大量の生命エネルギーを取り込む事ができる。アルカディアで育ったヘイズレープの生き物達全てをエネルギーとして奪い、彼の世界に還元して残りカスは深淵で消し去ってしまえばレギオンの世界が甦る可能性は高い。

手に入れた生命エネルギーで土地を浄化し、活性化させ、再び大地に緑を芽吹かせることが出来るだろう。

だが余所の世界から奪う権利は与えた者にだけ生じる。通常なれば余所からお借りし、事が済めば御返しするのが慣わしだ。未開な人類のために進んだ文明から導師役を送り、それなりに発展したら、その導師役の人間の魂は元の世界に返される。

そういった持ちつ持たれつな関係を神々は築いていた。なので世界の進化を促すため、呼び水として命を授けることは可能だった。

しかし神々にも無言の不文律が存在する。ただ貸すと言っただけでは周りが納得しない。貸すと奪うは同義だからだ。アルカディアに新たな命が生まれるかは分からないし、生まれなかったとしてもレギオンから借りた命は必ず返さなくてはならない＝奪う事が前提な貸与を他の神々は見過ごさないだろう。

なので、あえて口にした。

見事育て上げたなら、全てを譲ると。つまり、返さなくても良いと明言したのだ。

神々の前での約束は盟約と同じ。必ず履行されなくてはならない契約。

だからこそ、旧く老獪な神々らも黙認した。良い顔はしないが、盟約であれば神々同士の理である。物言いは出来ない。

そんな理に疎く、幼いアルカディアの双神は、満面の笑みでレギオンの賭けにのってくる。

勝ったと思った。

あれだけ初めての世界に浮わついた神々だ。必ず下手を打つと確信していた。

だから気が急いた。アルカディアの文明が停滞し、澱み始めてすぐに賭けの精算を求めてしまった。それが他の神々の関心をひくとも思わずに。

訝る地球の神が呈した物言いに、渋々彼は頷くしかなかったのだ。

あれから数千年。アルカディアは如実に変わり始める。

このままでは賭けの行方が分からなくなってしまう。今まで通り、魔力や魔法に依存して愚昧な文明のままでいてもらわなくては。

……負けられない。

賭けを持ちかけた神レギオンは、新たな神託を降ろそうとカストラートへの水鏡を静かに開いて見つめていた。

そこには百歳近そうな老婆が映っている。

彼女は怪しげな香を焚いた部屋でピクリとも動かずに座っていた。

そんな神々の思惑も苦悩も知らぬ小人さん。

明日の冒険を夢見て熊親父と眠る幼子は、今日も元気に我が道を征く♪

SS.相容れない二人 ～犬も食わないなんとやら～

「御嬢様、何事ですかっ？」

サーシャは出迎えた千尋を見て眼を丸くした。

全身泥だらけでところどころ破けている。如何にも腕白坊主といったその姿。

今はこんなだが、小人さんだって歳を重ねれば相応の落ち着きを持つだろうと信じるサーシャ。

しかし心の奥底で、それを否定する自分がいる。

ああん、もうぅぅっ！　泥だらけでも可愛いとか、うちの御嬢様はホントに天使ですわねっ！

慌てて拭くものを取りに駆け出したナーヤを横目に、サーシャは手持ちのハンカチで千尋の顔についている泥を拭う。わしわし拭われながら、小人さんはとつとつと言い訳をこぼした。

「いやさ、川縁に芹が群生してて採ってたのね？　したら、足滑らせちゃって、ばしゃーんっと……」

たははっと苦笑いな小人さん。

いつものごとく森に出向き、季節の某かを手に入れようと散策していたらしいが、まさかの大惨事である。一瞬のことで麦太の守護も間に合わなかったとか。

後ろに立つドルフェンが抱える芹の束を眺めつつ、サーシャは呆れて言葉もない。

「騎士様っ！　貴方がついておられながら、なんということですかっ！」

「申し訳ない……。チヒロ様、洗浄いたします」

ぶわっと湧き出た水が渦を巻くように小人さんを包み込み、みるみる綺麗にしていく。そして水が消えると、そこには濡れ鼠な幼女がいた。ポタポタしたたる幾つもの雫。

「……私は水の素養しかない。乾かせないので、邸に戻るまで洗浄出来なくてな」

ドルフェンは、へにょりと眉尻を下げてサーシャを見る。

「あのまま邸に入るわけにもいかなかったから御の字さぁ」

泥だらけで邸に入ろうものなら後片付けが大変だっただろう。広間に敷かれた毛足の長い絨毯に甚大な被害がもたらされたはずだ。

そしてふと千尋は己の両手を見つめた。

「ドルフェンは水を操れるんだよね？　喚び出したり消したり？」

「はい」

申し訳なさげな顔で頷くドルフェンに、小人さんは両手を広げて笑ってみせた。

「じゃあさ、アタシの服から水を消してみてよっ」

服から？

言われた意味が分からず首を傾げるドルフェンの手を取り、千尋は自分の肩に当てる。

「水の感触は分かるよね？　これを抜くとか吸い上げる感じでさ。頭に浮かべてみて？」

……抜く。

小人さんに言われるがままドルフェンは眼を閉じて指先に感じる水分と、それに繋がる液体全てが掌に集まるようイメージした。

すると幼女を包むような水の形が読み取れる。その形のまま、投網を上げるようにドルフェンは魔力を繋いで、ぐっと力を込めた。

根こそぎ引き抜く感じで魔力を這わせたところ、彼の手の中には林檎サイズの球体が出来る。淡く揺れるそれは、ドルフェンが喚び寄せた水の一部だった。

「……なんとっ！」

「あはぁ、やっぱりぃ♪」

ずぶ濡れだった千尋の服がパリっと乾き、幾分湿った処はあれど大まかに乾燥される。それにサーシャが手を加え、下着まで綺麗に乾かしてくれた。

「凄いな……」

感心したかのようにサーシャの術式をガン見するドルフェンに、彼女は少し頬を赤らめる。

おや？

小人さんは咄嗟のそれを見逃さなかった。

「わたくしのはただの生活魔法の応用です。貴方のように大規模な魔法の展開は出来ません」

ぶっきらぼうに言い放つサーシャを見て、それは違うとドルフェンは真面目に答える。

「魔法の規模など持ち前の魔力でなんとでもなるのだ。魔法の真髄は繊細な魔力操作。そなたの温かい風は、とても心地好いな」

ふわりと微笑むドルフェンに称賛され、思わずサーシャは赤面した。筆頭侯爵家の令息に誉められ、まんざらでもないらしい。

そんなサーシャを見て、ドルフェンの眼差しに潤み悩ましい光が浮かぶ。小人さん繋がりで知り合って一年以上。二人には多くの出来事があった。


「だからっ！　御嬢様に無理をさせないでくださいっ！」

「無理などではない。これは光玉の義務だ」

「貴方のような体力お化けには分からないかもしれませんが、御嬢様はか弱いのですっ！　まだ三つなんですよっ!!」

巡礼開始時に火蓋を切った、ドルフェンとサーシャの舌戦。

元々、あちこちへすっ飛んでいく小人さんを心配していたところに今度は隣国への長旅だ。ジョルジェ家の家族は我慢の限界。千尋が望めばどこへでも連れていってしまう甘々な護衛にもサーシャは時々ぶちキレていた。

「だいたい、なぜに貴方が我が家の食卓にいるのですかぁぁぁーっ！」

小人さんを挟んで座るドラゴとドルフェン。

「……あ、いや、御令嬢に誘われたので」

「サーシャ……？」

揃って真ん丸目玉なガタイのデカイ二人。思わぬ彼女の激に、ドラゴとドルフェンも絶句する。

「遠慮というものはないのですかっ？　ここは家族水入らずでとかっ！　いつもドラゴ様から御嬢様を引き離しておいて、どれだけ面の皮が厚いのですかっ！」

「そんな言い方はないだろう？　私は私の職務を遂行しているに過ぎぬ。だが、まあ、そなたの言い分は分かった。……失礼する」

むっと顔をしかめ、ドルフェンは小人さんに暇ごいをしてジョルジェ家から出ていった。それを無言で見送り、ドラゴと千尋は顔を見合わせる。

「サーシャぁ。あれはないにょ？　アタシが夕飯に誘ったんだし」

「そうだな。たしかにチィヒーロは最近多忙になったが、それはキグリス殿のせいであるまい？」

「……申し訳ありません」

さらりと答えたサーシャの見た目は冷静そうに見えるが、なぜかしょんぼりと伏せられた耳と尻尾。顔はしれっとしているのに、素直な耳と尻尾で、せっかくの鉄面皮も意味をなしていない。

本人、隠しているつもりなのだろうがその心情が丸分かり過ぎて、ジョルジェ家の面々は笑いを堪えるのに必死である。

「サーシャはドルフェンが嫌いなん？」

「……嫌いとまでは申しませんが気に入ってはおりません」

「なんで？」

不思議そうに問われて、サーシャは静かに食器を置いた。

「……だって。あの男はいつも御嬢様と御一緒で。……悔しいじゃないですかぁぁーっ！」

サーシャは眼に一杯の涙をためて、びゃーっと泣き出した。

「いつも御嬢様と一緒にいたいのに、気づけばあの大男が我が物顔で隣にいてっ！　この間なんて私の用意したオヤツを見て、あの男、『食べさせ過ぎでは？』なんて言ってきたんですよぅぅっ！　御嬢様に甘過ぎるとかっ！　どの面下げてっ!!」

ドルフェンこそ甘過ぎると砂を噛む気持ちだったジョルジェ家の面々。サーシャの言葉に納得し、うんうんと揃って深く頷く。

「そりゃあ、また……。ドルフェン、空気読まないし思ったこと素直に口にするからなぁ」

泣き叫ぶサーシャに抱き締められながら、乾いた笑みを張り付かせる小人さん。しかしそこで、サーシャがピクッと反応した。

呆然と眼を見開き、念をおすかのように彼女は千尋の瞳を覗き込む。

「……思ったことを口にする？　社交辞令とかではなく？」

「うん？　ドルフェンは社交が苦手って言ってたよ？　人並みには出来るけど、騎士団の訓練よりも疲れるって」

「……つまり、普段は素なのですか？」

「たぶん？　どうかした？　サーシャ」

まるで信じられないとでもいうような顔で、サーシャはみるみる赤くなっていく。

そして、失礼しますっ、と踵を返し、バタバタ足音をたてて厨房へ飛び込んでいった。

そんな彼女の後ろ姿を見送り、にまっと口元をもにょらせる小人さん。

厨房に逃げ込んだサーシャは、真っ赤な顔で髪の毛ごと口を押さえる。


素ですって!?　アレが!?

普段から寡黙で愛想のない大男のドルフェン。小人さん関係で長く付き合うようになり、最近は屈託のない笑みを見るようにもなった。

そんな彼が気に入らないサーシャは、何かにつけ八つ当たりじみた言い掛かりをつけてもいたのだが、それももはやコミュニケーションの一つ。

ひとしきり言い合ったあとは、和やかに御茶を嗜んだりもする二人である。

『そなたの言い分は理解した。留意しよう』

『是非に。ところで季節の果物のコンポートがございますの。召し上がる？』

『ああ、良いな。そなたのこしらえる菓子は美味い』

満面の笑みで見上げられ、サーシャの胸が小さく疼く。これだから御貴族様は……。と、彼女はげんなりした。流れるように世辞を言い、その裏で何を考えているのか分からない。

『わたくしのようなメイドに過分な御言葉です』

しかも自分は獣人だ。奴隷種族であり、短命種。人々から蔑まれる生き物で、もしドラゴに拾われていなかったら人並みな生活すら危ぶまれるだろう。

ここに引きこもっているから、そういった不条理な目に遭いはしないが、一歩王宮の敷地を出ようものなら白眼視の嵐である。外出時には帽子とコートが手離せない。

たまに王宮で遭遇する貴族らなどは、あからさまにサーシャを唾棄するような眼差しで睨めつけてきた。ドラゴの手前、彼等も口には出さないが、眼は口ほどにモノを言う。自分はフロンティアの中でも異分子であるのだと思い知らされるサーシャ。

実の娘のように可愛がってくれるドラゴやナーヤ。比較的親身で蔑視はしてこない騎士団の人々。

そういった心ある人間達に囲まれていなくば、きっと今の自分はない。

だが騎士団とはいえドルフェンは貴族だ。御嬢様との関係から私を尊重してくれているだけ。本心はどうなんだか。

ふうっと小さな溜め息をつき、サーシャはドルフェンに林檎のコンポートを差し出した。

それを受け取り破顔する脳筋騎士様。こちらに警戒心を持たせないためか、無邪気にすら見える彼の演技にサーシャあきれ返ったものだったが……。

あれが、素？　え？

御貴族様独特の社交辞令。見せかけだけ取り繕っているのだと思っていたサーシャは困惑する。

そして思い出すのは、彼の言葉の数々。

『そなたのように、はっきりと言う女性は好ましい。私は無骨な軍人だからな。機微を察してくれとか言われても困るのだ』

『？　謝ることはない。チヒロ様を思ってのことであろう？　そなたに悪感情はないぞ？』

『そなたとのやり取りは気持ちよい。腹を探らずに済むからな』

『私は、そなたを気に入っている。なんでも申してくれ』

あれって……。

扉にもたれたまま、サーシャはズルズルと床にへたりこんだ。

嘘でしょ？　わたくしは獣人よ？　そんなわたくしを気に入っている？　好ましい？　あれが社交辞令じゃない？

白々しい演技だと思ってスルーしてきた数々の言葉。睦言にも取れる素直なアレコレを思い出して、サーシャの頭から湯気が立ち上る。

そしてさらに思い出すのは自分の塩対応。ドルフェンが難色を示さないのを良いことに、明け透けなぐらい言いたい放題を口にしていた。

誰か嘘だと言って――――っ!!

気づいてしまえばひとたまりもない。胸に灯る熱病。きっかけなんて些細なこと。色恋が絡まなくともサーシャはドルフェンが自分を好ましいと思ってくれているだけで天にも昇る心地だった。

でもサーシャは獣人だ。奴隷種として蔑まれる自分に、真っ当な恋は出来ない。この気持ちは封じておかないと。

あの方は甘党よね。今度また、御菓子をこしらえておきましょう。

蔑まれ罵られしか知らないサーシャが、ジョルジェ家の面々以外から初めて受けた素直な好意。

それを実感したなら絆されても仕方がないだろう。

そんなこんなで日々は過ぎ、今日も賑やかな男爵邸。

「御嬢様は頑張っておられますっ！　まだ三歳なのだから、もっとゆっくりでも良いじゃないですかっ!!」

「そなたは社交界を知らな過ぎるっ！　王女に足りないところがあれば、嬉々として叩きのめそうとする魑魅魍魎の巣窟なのだぞっ!!」

キャン×キャンがなり合う相変わらずな毎日。周囲も二人は犬猿の仲だと思い、呆れ顔。

だけどその後の御茶で、ドルフェンの眼差しがサーシャを柔らかく見つめて潤み、サーシャの差し出す御菓子にかかった蜂蜜が、ドルフェンのだけ増量されていることに気づいている小人さん。

んふ～、春だねぇ？

御互いの心を知らぬまま育まれる小さな若芽。筆頭侯爵家の令息であるドルフェンと、平民で獣人なサーシャでは障害が高過ぎて前途は険しい。

それでも二人が望むなら、全力で後押しをしようと心に誓う小人さんである♪

頽れた神々 ～原罪～

「じゃあ、しゅっぱーつ♪」

一台の馬車と十人の護衛騎士。そしてアドリスと桜。

城から出てきた一行は、連れている魔物達を見て一目で小人さん部隊だと分かり、道行く人々がこぞって軽く頭を下げる。中には帽子を振る男性や、追いかけてくる子供らなど、皆が温かく馬車が見えなくなるまで見送ってくれ、小人さんは嬉しそうに手を振り返した。

カタカタと小刻みに揺れる馬車は一路西へと向かう。

その光景に、某御笑い芸人らが声をあててた人形劇の西遊記を思い出し、頭に流れるフレーズを歌いたくなって口がモニョモニョする小人さんである。

「人気あるね、うちのお姫《ひ》ぃ様は」

柔らかな笑みで眼を細め、アドリスは馬車の四隅で冷風機と化している蜜蜂らを見つめる。魔法の水と魔法の風による気化熱を利用したモノだ。

「こういう事やれるって、凄いよね、魔物は」

「確かにな。夏の暑さが嘘のようだ」

蜜蜂達はミーちゃんから魔法の水を受け取り、それを使って風を起こしている。同じような蜜蜂が、護衛騎士の頭上にも飛び回っており、一行の周辺は心地好い冷風で包まれていた。

さらには馬車の上にいる麦太と数匹のカエル達が、フロンティア一行全体に守護膜を張り、それが真夏の日光を和らげ、冷気の四散を防いでいる。まったく、僕様方様々だった。

「これって、魔道具でも再現出来るんじゃないかな？　まあ、すぐに使えなくなるけど、今年の夏くらいは凌げそう」

「ああ、出来そうですね」

「でも、いずれ魔法は無くなるんでしょ？　なら、別の道具で研究したら良いかもな」

あれやこれやと話すドルフェンとアドリス。それを余所に、桜は少し考え込むような顔をしてチラリと千尋を見た。

「巡礼は金色の環を作るのが目的なんだよね？　いずれ無くなる魔法のために行く必要はあるのかい？」

思わぬ問いに小人さんの顔から表情がスルリと抜ける。

「あ～。まあ、そうなんだけど、……アタシが森を枯らす前にね。環を完成させておけば、ひょっとしたら大地に魔力が残るかもしれない。そのうち消えてしまう魔力でも、少しはクイーンらを永らえさせられるかもしれないからさ」

クイーンを筆頭に、森の主や魔物達は魔力によって生きている。

森を枯らすのは簡単だ。主らに移動してもらえば良い。金色の魔力を失った森は萎れ、緩やかに枯れていく。

しかしその後、主達がどうなるか。魔物のスタンピードが起こったりはしないか。どんな結果が起きるか分からない。だから、まずは金色の環を完成させて、それから森を枯らす。万全を期して、それでもダメなら天命だろうが捩じ伏せる。

ふんすっと鼻息を荒らげる幼女に、大人達は揃って複雑な顔をした。

元々魔力のない土地で暮らしていた桜とて、魔法の有用性は認めるところだ。それが日常のフロンティアでは、前以て知らされていたとしても混乱は必至だろう。

これからがどうなるかは、全く分からないが、それが神々の御心なれば仕方がない。満場一致とまではいかなくとも、大半の人々はこの選択を受け入れている。

願わくば優しい主達だけでもお助け下さいと、神々に慈悲を祈るフロンティアだった。

「西はまた、かなり風情がかわるんだね」

てけてけと走る馬車の窓から顔を出し、千尋は外を眺める。

王都周辺や東のヤーマンあたりよりかなり緑が少ない。髪を靡かせる風も乾いていて、はらむ砂ぼこりが小人さんの喉をイガイガさせた。

隣国カストラートとの間に横たわる広大な荒れ地も関係しているのだろう。国一つ分もある荒野は、西の森があるにもかかわらず、フロンティア西方を荒涼に見せている。

「西の森は小さいんですよ。確か、クイーンの森の半分くらいしかありません」

「そーなん？」

驚く小人さんにドルフェンは頷いた。

「西の森は深い渓谷にあり、その渓谷に沿って拡がっています。なので魔力もその周辺……、アンスバッハ辺境伯領を覆う程度のものだったと記憶しています」

ああ、それで。

あんなにも辺境伯は狼狽えていたのか。

辺境伯領地といえば国境だ。当然、フロンティアの何処よりも枯れた大地にある。

王都から二日ほどしか離れていない海沿いのゲシュベリスタには広大な珊瑚礁があり、その恩恵はメルダの森と被るほどに広かった。

しかし、西の森は王都から四日も離れているうえ、さらに森そのものも小さいとなれば魔力の範囲は知れている。中には魔力の恩恵が受けられない土地もあるだろう。

まさに西の領地にとって主の森は生命線。これが失われるのは死活問題なのだ。

「キルファンの建築も大分落ち着いたし、至急こちらの支援に回ってもらった方が良さそうだね。やっぱり、こういうのは見てみないと分からないモノだよなぁ」

どんなに言語を尽くして切実に訴えてもその窮状は半分も伝わらない。現場を知らねば、上滑りに報告として記録されて終わるのだ。

そんな案件を星の数ほど知っている小人さん。前世の地球でもよくあった四方山話である。んで、大事になってから慌てて乗り出しても既に遅しなんだよね。

用心深く研究熱心な日本では比較的そういった話は少ないが、他の国々ではよく聞いた話だ。だから要職につく者は各地を見て回らなければいけない。現場を知ると知らぬのとでは大違いなのだから。

大事な視察なのに、それを遊興と勘違いしている馬鹿野郎様のおかげで世論に叩かれたりと、別の意味で大事を起こす少数の政治家らを思い出して、微妙な感傷に浸る小人さん。

いずこも人間のやる事は変わらないか。

第一目標は気になる木の多目的広場。見晴らしの良い広い道を小人さん達が進んでいた頃。

カストラートの預言者に、一つの御神託が降されていた。

「……王が来ます。金色の王が、西の森に向かっています。千載一遇の機会です。国王に報告を」

預言者の神託を伝えに文官が国王の元へ訪れると、国王の元には、先にアンスバッハ辺境伯からの書簡が届いていた。

それを熟読しつつ、カストラート王は預言者の受けた神託を聞く。

「これは……。たしかにおかしいな」

「アンスバッハ辺境伯の書簡を信じるならば、神々の意向が二つあるように見受けられますね」

「実際にフロンティア北には新たな街が作られているそうです。いずれはフロンティアを後見にキルファン王国を名乗る国になるとか」

国王の前には複数の貴族。

一人はオッドアーズ辺境伯。フロンティアとの国境を預かる若い貴族だ。もう二人は、国の内向きを預かるハールベイ公爵と、外向きを預かるアンドリュフ公爵。カストラート王国の双璧と呼ばれる二大公爵である。

四人はアンスバッハ辺境伯からの書簡を、じっと見つめていた。書簡には、金色の王が神々と遭遇し、神々の御意志を承ったとある。

それは今まで神々から御借りしていた魔力や魔法を、世界から神々に御返しする事。人間は神々の御業に頼らず、自身の力でアルカディアを生きていけるのだ。そうして神々の庇護から抜け出し一人立ちする。それが神々の御意志なのだと。

これが本当ならば、フロンティア以外の国々から魔力が失われたのも頷ける。フロンティアも世の行く末を見守り、その魔力を返還する方に動いているらしい。

確かに魔力が失われた混乱期、フロンティアからの食糧支援がなくば各国は今よりずっと悲惨な状況になっていただろう。多くの国で争いが勃発し、略奪につぐ略奪の果てに屍を積み上げる、言語に尽くせぬ暗黒時代が起きたのは想像に難くない。

その窮地を補完するため、フロンティアに魔力が残されたのだと説明されても納得のいく理由だ。それを何とかして奪おうと画策していたカストラートだが、ここにきてフロンティアはそれを神々に御返しするという。金色の王を筆頭とし、魔法のない国作りに邁進中だとか。

自ら優位なアドバンテージを捨てるのだ。どこにも疑いようはない。しかも、金色の王その人が。

それぞれが己の思考の海に沈み、誰も言葉を発さない。

長い沈黙のあと、オッドアーズ辺境伯が国王を見上げた。

「何時でもフロンティアに攻め込む準備は出来ております。どういたしますか？」

それを聞いて、思い出したかのようにカストラート国王は苦虫を噛み潰した顔をする。

「それは中止だ。金色の王が西の森へ巡礼に訪れた時が好機と思うていたが……。彼の御仁には魔物の僕がついておるらしい。キルファンすら一時で落とすほどのな」

フロンティアには魔法があり、難攻不落だというのは周知の事実。戦うは得策でない。だがしかし、ただ一人の人間を捕らえるというだけならば、全力をもってすれば可能だと思われていた。

カストラートのために、魔力を復活させられる王族を一人。一人だけで良い。

そう願いながら複数の間者を送り込み、長年虎視眈々と機会を窺っていた、千載一遇のチャンスをシリル達が逃した。

なのに今度は、金色の王がカストラートからほど近い西の森へやってくるという。これこそ、神々の配剤かと戦の準備をカストラート王はオッドアーズ辺境伯に命じた。

だが……、それも意味をなさない。

フロンティア以外の土地からどのようにして魔力が失われたのか今まで謎だった。しかし金色の王が降臨した事で、その謎は解けたのだ。

フラウワーズの森を復活させた金色の王の説明によれば、広大な森に主が棲まうことで周辺が魔力に満たされるのだという。その主を殺し、森を失った国々から魔力は消え去った。説明されてみると当たり前の理屈である。

過去を振り返ればその通り。フロンティアは永きに亘り、森の保護を叫んでいた。それを一笑に伏して関知してこなかったのは我々だ。

最初からフロンティアは魔力の在り方を知っていて忠告してくれたのに、無視をしたのは周辺国なのである。

辛うじて生き残っていたフラウワーズの森を復活させた金色の王はそれを認め、フラウワーズの王族に、主の森は特別なのだと言ったらしい。

自らの過ちで失った神々の恩恵。

だがそれも神々の思惑の内であれば仕方がない。実際にフロンティアは、その神々の御意志に従い魔力を返還する準備をしている。

何が正しいのか分からない。

我々に御神託をくださる神は、いったい何者なのだ？

世界の成り行きを見渡せば、フロンティアの言う創世神様の御意志が働いているように見えた。

だけど、カストラートに御神託をくださる神は魔力の復活を望んでいる。

何かが噛み合っていない。

漠然とした違和感は、沈黙したままの四人の足元に不明瞭な疑惑の種を撒き散らした。

そんなカストラート側の困惑も知らず、千尋は一路西の森を目指す。

信用出来る愉快な仲間達とともに、小人さんは、今日も我が道を征く♪

頽れた神々　～不如意～

《何故だ？　神々は、その世界の命運に関わる事を伝えることは出来ないはず。あくまでも個人の範囲でしか》

カストラートの国王達を見下ろしながら、レギオンは信じられない面持ちで呟いた。

世界の理に関わってはならない神々の不文律。ただ見守るだけ。それが如何に辛く苦しいものか。天上におわす全ての神に共通する苦悶である。

出来ることは、一時代一人に与えられる神託や加護くらい。それを駆使して、どのように世界を導くかが彼等の永遠の命題だった。

神々の代行役たる《御先》がいれば神々の真意を伝え、上手く人間に絡むことも出来るけど、アルカディアにはそれも存在していない。

多くの《御先》や御遣いのいる世界もあるが、その大半は地上世界より天上界や奈落や深淵に潜んでいた。全世界共通のそれらは、ときおり地上に降りる事はあれど、積極的に人間に関わらない。この《御先》がアルカディアに生まれたら、賭けは間違いなく負けていた。《御先》が神々の意思を代弁してしまうからだ。人間に直接伝えられてしまう。

アルカディアに《御先》が生まれなかったのは僥倖だ。しかしその神々の真意が、どうしてかアルカディアの人々に伝わってしまっていた。

《いったい、なぜ？》

レギオンは絶望的な光を瞳に宿して崩折れる。

彼の名前レギオンは、彼の見守る世界へイズレープの人々がつけた名前だった。

豊かな深い森に覆われていたヘイズレープは、それに比例して猛獣の跋扈《ばっこ》する弱肉強食の世界。弱い者は淘汰される厳しい環境である。

当然、その理は人間にも当てはまり、レギオンの作った世界の人間らは強さを絶対とし、たまに神託や加護をくださる神に悪鬼という意味を持つ名前をつけた。

信仰は力を生み、その力は世界に還元される。

知恵と技術を兼ね備えた人間達は他の生き物を凌駕して繁栄を極め、何の憂いもなくこの世界が安定して続くものだとレギオンも思っていた。

ほんの些細なボタンのかけ違えが星をも呑み込む戦火を巻き起こし、地表を丸裸にしてしまうなど誰も思っていなかったのだ。

賭けに負けたところで、実質、レギオンに損はない。

与えた僅かばかりの命の種を失い、滅びゆく我が世界を静観するだけ。

彼は沈痛な面持ちでヘイズレープを見下ろす。今生きているのは、大戦を予測して心ある者達が建設した地下シェルターの人々のみ。

堅固に人間を守ってくれたシェルターも、長い時の流れに晒され老朽化し、地上に荒れ狂う毒が、その触手を伸ばそうとしていた。

静観……、出来るものかっ！

勝利は目前なのだ。諦めきれる訳はない。なんとか…、なんとかして、魔力の返還を止める事が出来れば。むしろ魔力を奪い合い、愚かな戦いを引き起こさせる事が出来れば。

薄く陰のおりたレギオンの顔でギラつく炯眼。凍てついたソレに一閃する不穏な光。


……金色の王か。

彼はにたりとほくそ笑み、水鏡から新たな神託をカストラートに降ろした。

「あーっ、ほんとに光ってるんだねぇ♪」

夕闇の帷が星の煌めきを鏤《ちりば》める頃。

ようやく小人さん達は、王都端を越えた辺りにある気になる木の多目的広場へ到着する。深紫の帷を背景に薄ぼんやりと光る気になる木。

その広い小梢の下で、真ん丸に眼を見開いたまま、小人さんはポッカリと口をあけていた。

なんとも不思議な光景である。幹も枝も、新芽のひとつにいたるまで薄い金粉を纏うかのように仄かな輝き。しかしそれは、神秘的とかそういった神々しいモノではなく、こう、親しみやすい温かさを伴った光だった。

飽きもせず、ずっと見上げている小人さんを微笑ましく見つめ、アドリスは食事の支度を。騎士らは夜営の準備に取り掛かる。

おもむろに取り出した封じ玉を割り、中から出てきた資材を用いて、彼らは直径五メートルほどの天幕を二つたてた。

そしてドルフェンが、その一つに小人さんを案内する。

物珍しげな顔で千尋が入ると、中には寝台から大きなクッションとテーブルセットまで用意されていた。

しかし、それとは別な事に小人さんは面食らう。

は？　なにこれ？

天幕の中には広々とした空間があり、外観と室内の容量が合わない。ざっと見渡しただけでも、奥行き十メートル近くあった。

大きな丸座卓の周囲には千尋が埋まってしまいそうなクッションが五つも配置してあるし、その奥にはダブルベッドサイズの寝台が一つとシングルサイズのが一つ。少し離れた位置にシングルサイズの寝台が二つ。

床一面には厚手の絨毯。思わず靴を脱ぎそうになった、中身日本人な小人さんである。

「中央正面の寝台がチィヒーロ様とサクラです。右手端の寝台を私とアドリスが使いますので、何かあればお声をおかけください」

言われて見た寝台の間は薄いカーテンで仕切ってあり、ダブルサイズの寝台には御大層なベールの天蓋もついていた。

「夜営って、こんなんだっけ？」

以前にしたキルファン帝国の小島での夜営を思い出して、小人さんは苦笑する。簡単なタープと厚手のシュルフ。あれこそが夜営と言うものだろう。

幼女の疑問を正しく理解したドルフェンは、複雑な笑みを浮かべる。

「本来、キチンとした準備を怠らない王族の旅とは、こういうものです。不自由のないよう執り行われます。……今までがイレギュラーすぎたのですよ。行き当たりばったりで有り合わせのモノしかありませんでした」

なるほど。護衛騎士団の本領発揮ってことか。

「横になるスペースがあれば十分だったのに」

テーブルセットの下は複雑な刺繍のされたキルトのラグが敷かれ、そこでは素足になる小人さん。

グデグデとクッションにもたれて寛ぐ幼女の近くで、サクラが御茶の支度をする。

外観の倍はある室内空間。これも魔法なのだそうだ。封じ玉の応用。

つくづく、魔法って便利だよね。この恩恵を快く手放してくれるというフロンティアの皆には、本当に感謝しかないわ。

絶対に喧々囂々《けんけんごうごう》の大反対が起きるものだと覚悟していた千尋は、良い意味で肩透かしを食った。

懊悩煩悶。まざまざとした人間の醜さが発露し、とんでもない混乱を国中に巻き起こすだろうと危惧していたのだが。

蓋を開けてみれば、王宮の議会以外、大した反発もなく、すんなりと事は運んだ。

あとは金色の環を完成させて蛇口を閉じるのみ。西の森にいるジョーカーが地球の神々の用意した切り札であるならば、きっと何とかなる。

小人さんが、まだ見ぬ西の森に想いを馳せていた頃、カストラート国では、新たな神託が王宮中を席巻していた。

《フロンティアが魔法を棄てるのならば、魔力の根元たる金色の王もいらぬはず。ならば、それを手に入れて傀儡とし、カストラートに魔法をもたらすが良い》

カストラートで数百年前から極秘に使われていた洗脳薬。これは神託で与えられた調剤術であり、フロンティア王家に入る予定の者に使われていた。

カストラートの思惑を隠すためと、カストラートの言いなりになる人材をフロンティア王家に送り込むためだ。

ハビルーシュ妃を見れば、その効果が窺い知れる。

これを使うと自我を押さえ込み意のままに操ることが可能。金色の王とて例外ではない。聞けば、金色の王は幼い王女だと言う。

魔法の恩恵を享受していたフロンティアから金色の王を奪い取り、カストラートが新たに魔力の恩恵を受けるのだ。

今までもたらされた御神託に一抹の疑惑を抱きながらも、容易く魔力を得られるという誘惑には勝てず、カストラートは最悪に舵をとる。

ほくそ笑むレギオンの思惑を知らぬカストラートの人々は、彼の策略に踊らされていた。人の欲望とは底がないもの。目先の利に惑わされ蒙昧な争いが蔓延する中世において、この獲物は眼が眩むほど魅力的な宝物である。

この世界唯一無二の金色の王。

しかし、カストラートが間者をフロンティアに忍び込ませていたように、この世界は不安定な均衡を持つ中世だ。

他の国々とて各国に間者を送り込んでいる。

やにわ活発になったカストラート軍の動きを各国は掴んでいた。


勿論、その理由も。


フロンティアの間者もこれを掴み、ロメールへと水鏡で連絡を取る。

神々の思惑も知らず踊らされる人々。

擦れ違う人々の感情はそれでも交差し、小人さんという至宝を巡り動き出した。

そんな各国の懊悩煩悶など露ほども知らず、千尋はアドリスの作ってくれた食事に舌鼓を打つ。

「美味しいねぇ。アドリスの御飯、大好き♪」

にぱーっと笑う幼女に、ほっこりするフロンティア一行。

まさかこの旅が、神々の雌雄を決するモノになるなど、夢にも思っていない小人さん。

美味しい物に幸せを感じ、今日も小人さんは、小人さんである♪

SS. ドルフェンの杞憂

「……チヒロ様？」

「ん？」

ぎこちない笑みを浮かべるドルフェンに、小人さんはしれっとした一瞥を投げる。

言いたいことは分かるけど、知らん。

和気藹々とした食卓の片隅に縮こまる一人の騎士。言わずと知れたユーリスだ。彼は兄であるルーカスと二人、小人さんから一番遠い位置で食事をしている。そこの一ヶ所だけ重い空気に、小人さん部隊の人々は首を傾げていた。

事情を知るドルフェンのみが浮かない顔で千尋を見つめる。

「御許しにならないのですか？　一瞬であったのでしょう？」

「忘れてたわ、そんなん。でも顔を見ると思い出しちゃうのよね」

むぅっと小さく膨れる幼女。なるほどと、ドルフェンは微かに眉根を寄せる。

確かにユーリスはヘマをやらかした。彼は後悔していたが、未だに蜜蜂らを見る眼は険しい。それに小人さんも気づいているのだろう。口先だけと言われても仕方がない。

ユーリスの魔物嫌いは筋金入りだ。彼の父親に起きた不幸も騎士団入団時に説明されている。こちらもまた、仕方ないことといえるだろう。

難しいですよね、人の気持ちというものは。

現在進行形でサーシャを慕うドルフェンは、未だに彼女と言い争いばかりしてしまう自分達が今回のことに重なってどうも落ち着かない。

彼女に好意を伝えてはいるものの、それはちゃんと伝わらないようで、サーシャからドルフェンは優しい言葉などもらったことがない。塩も干からびる辛口対応をされるばかり。

自分も融通が利かないし、気も利かない。上手い口上なども述べられないし、女性から見れば退屈な男に過ぎまい。

それより何より、ドルフェンは上位貴族でサーシャは平民だ。しかも奴隷種族として蔑まれる獣人。だがドルフェンにはどうでも良いことだった。

貴賤問わず、人間の価値は民族で決まらない。どこにだって善人もいれば悪人もいる。優劣だって個人差それぞれだ。ユーリス兄弟など、その最たるものである。

王宮騎士団の面子は半数が貴族で幼いころから武術を嗜んでいた。そんな猛者の集まりの中でも見劣りせず、筆頭弓騎士に上げられ、御前試合の花形スターな双子。

平民出であるにもかかわらずにだ。これに触発され、騎士団は活気に満ちていた。彼等に続き、追い付け追い越せと沸き返る。

貴賤問わずに切磋琢磨する今の王宮騎士団の火付け役でもあったユーリス兄弟。これが小人さんに厭《いと》われているのがドルフェンには心配でならない。

誰が悪いわけでもなく、単に巡り合わせが悪かっただけなのに。

お通夜のように悄然とするユーリスを、それとなく慰めるルーカス。この場に彼等がいるだけでも儲けものだとドルフェンは思った。

ハロルド騎士団長から彼等は事前に打診されたのだ。巡礼に参加するか否かを。

小人さんに以前のメンバーでと依頼を受けたハロルドは微かに鼻白む。ドルフェンからの報告で、ユーリスが幼女の不興を買ったと聞いていたからだ。

なのに、また同じメンバーで？　と。

訝しみつつもハロルド騎士団長はユーリスを配慮し、気まずければ別な騎士をつけると慮った。しかしそれに首を振り、ユーリスはルーカスに支えられながら、次の巡礼にも参加を表明する。

『俺は……、取り返しのつかないことをしました。たぶん……、まだ分からないし、納得も出来ていない。理由としては理解しました。でも、心がひきつれるんです。魔物は敵だろう？　って。

……だから、逃げたくない。分からないことを分からないままにしておきたくない。なので、王女殿下の傍で学びたいです』

感情と理性は別物である。説明として理解は出来ても、本能が拒絶する。所詮は魔物だと何かが叫ぶ。これを乗り越えるには、知る他ない。蜜蜂達が野生の魔物とは違うのだと。魔物という一括りではない特別な何かがあるのだと。

そうハロルドに伝え、ユーリスは今回の巡礼にも参加した。

ドルフェンは彼を強い男だと思う。取りつく島もないほどズバっと小人さんに切り捨てられたのに、ユーリスは諦めないのだ。

理解出来ないなら理解出来るまで傍にいようと。理解に努めようとするその姿勢。見事なものだとドルフェンは眼をすがめた。

今だって、小人さんから視界に入るなと言われたためか、ちっさく丸まっている。これが平民の雑草魂だ。貴族には真似出来ない粘り強さ。これが身分あるものなら、けんもほろろな扱いを受けただけで圧し折れたことだろう。

……頑張れ。

温かな眼差しを向けるドルフェンを余所に、小人さんも見ていた。ユーリスを。

その他に分類して記憶から抹殺したはずの男は、未だに彼女の視界の端にいる。時折、蜜蜂らを忌々しげに見つめ、はっとしたように複雑な顔で百面相を披露する愉快な男。

彼の心の中の葛藤が透けて見えて、千尋は思わず噴き出しそうになる。

嫌なら逃げれば良いのに、物好きなこった。

くっくっくっと喉を震わせて見つめる小人さんの視界の中で、ユーリスはその他の分類から拾い上げられ、彼女の身内の片隅に置かれる。

蜜蜂とにらめっこな毎日を重ねつつ、兄ルーカスやドルフェンに見守られながら、ユーリスは今も蜜蜂を知ろうと努力をしていた。

その姿は妙にいじらしく、小人さんの良い娯楽になっているとも知らずに。

ドルフェンの杞憂は、この先、杞憂のままで終わる♪

頽れた神々　〜暗躍〜

「そうか、帰りに寄られるか」

部下から受け取った西の森巡礼を報せる書簡に眼を落とし、アンスバッハ辺境伯は小さな嘆息を漏らした。彼は窓の外に視線をやり、なんとも喩えようがない気持ちを胸中で渦巻かせる。

夏の始めに謁見した金色の王は幼子の姿をしていたが、その理路整然とした口調に驚かされた。

あれは幼女ではない。見掛けに惑わされてはいけない。ただの賢しい子供かと思いきや、その中身は老獪な化け物だ。

辺境伯は、綺麗に整頓され、設えられた机の抽斗をチラリと見る。

そこの中にはフロンティア王都から届いた一通の書簡。バンフェル侯爵の嘆願書だった。

内容は簡潔。金色の王の御巡礼を阻止してくれとの事。

これが神々の御意志であろうと、フロンティアが周辺国と同じに成り下がるのは許せない。本当に神々の御意志かも分からない。神々に奪われるのならともかく、自ら放棄するなど愚の骨頂。王宮は賢しい子供の戯言に踊らされて誰も話にならない。なので、同じ志であろう辺境伯に御頼申す。

そう書かれた侯爵の書簡。

あの王女を目の前にして、こんな世迷い言を書ける老人の頑迷さに、思わず浮かぶ嘲笑を禁じ得ない辺境伯。これを見たからこそ、アンスバッハ辺境伯も件の子供を見てみようと思ったのだ。

噂にしか聞かなかったが、孫であるテオドールと良く似た少女だと聞き、興味はあった。他の貴族らは知らないだろうが、ヘブライヘルはその幼女に心当たりがある。

ファティマと名付けて秘密裏に育てられた、もう一人の孫。

死んだものと思っていたが、耳に届く噂の端々から、その幼女がファティマではないかとの疑惑をヘブライヘルは捨てられなかった。

そして謁見の日。その疑惑は確信に変わる。

目の前に座る王女は、幼い頃のハビルーシュに瓜二つだったのだ。世にも名高い美姫と謳われた自慢の娘。それと同じ顔など、この世に二つと有り得ない。

ハビルーシュともテオドールとも酷似した、この面差し。これで三人に血の繋がりが無いなどと誰が思うだろう。多くの噂や質問がヘブライヘルの下へ届いたのも無理からぬこと。

王家は誰も気づいていないのか？　どういう経緯で王の養女になったのだ？

脳裏に浮かぶ疑問は尽きないが、取り敢えず挨拶を済ませ、ヘブライヘルは何故に魔力を棄てるのかと尋ねた。

しかし、その返答に辺境伯は戦慄を覚える。

神々を親とし、子供である人間は一人立ちすべきなのだという理論に、辺境伯は反論の余地もない。魔力や魔法が借り物であるなどと想像もしなかった。他国が魔力を失った理由を考えたこともなかった。

魔力は、幼く弱い人間達を救うために与えられた神々の庇護。こうして一国を構えて文明を発達させた人間達は、神々の庇護から脱却すべきなのだと幼女は言う。

その理屈は不思議なほどしっくりとヘブライヘルの胸に収まった。むしろ、今まで疑問に思ってきた事に明確な答えをもらった気分である。

それを話す幼女の姿に全身を粟立てつつも、ヘブライヘルは奇妙な安堵を覚えた。

これが答えならば、カストラートは神ではない何かに踊らされている事になる。

カストラートと違い自由度の高いフロンティアで育ったヘブライヘルは、常に違和感を抱いて成長した。自分の置かれた境遇に。

徹底して管理された後継者育成。

カストラートを後ろ楯にしながら、フロンティアを利用するアンスバッハ辺境伯家。その当主に連なる者に行われる、虐待にも等しい教育をだ。

カストラートが絶対なのだと、言葉や暴力で刻みつけられる異様な家。条件反射になるほど過剰な畏敬を骨の髄まで染み渡らせ、カストラートに対して絶対服従するまで続けられる、拷問にも等しい教育の数々。

娘であれば、こんな面倒な事はしない。神よりもたらされた調剤術による薬剤で人形のごとく育てられる。ハビルージュ妃のように。

だが、男はそうはいかない。

フロンティアの貴族らと渡り合い、領地を治め、運営せねばならない男子は薬で人形にする訳にもいかず、徹底した管理と教育で言いなりに育て上げられる。

反発する者もいた。そういう者は一生陽の目を見ない地下牢で朽果てていく。

ある日ヘブライヘルと兄弟達は、父親に連れられて邸地下への階段に案内された。

そこは湿った牢獄で、薄汚れた檻の中に一人の男がいる。

鎖に繋がれ、ブツブツと何かを呟く痩せ細った老人。襤褸《ぼろ》をまとい、すえた臭いを放つ汚れ切った人物は、父親の兄弟なのだと説明された。

家に反発し、言う事をきかなかったため、十代前半に見限られて、ここに入れられたのだとか。

最初は悪態をついていたらしいが、しだいに懇願を口にし、最後には謝罪を叫び続けて人生の大半を浪費した。許して下さいと。

一度見限られたら、二度とは戻れない。これが家の役にもたたない者の末路なのだと、父親は卑らしい笑みを浮かべてヘブライヘルの肩を摑んだ。

檻越しに見る不適合者の成れの果てに、ヘブライヘルや兄弟らは心底怯える。見せしめにと生かされているだけの老人は落ち窪んだ眼に虚ろな光を浮かべ、鉄格子の前にいるヘブライヘルを見てもいない。

こんな目に合うのは嫌だ。

反骨を粉々に砕く悲惨な光景。

あの後、老人はどうなったのだろうか。

父親が亡くなって、ヘブライヘルが当主となり、地下牢へ赴いたとき、既に檻の中に彼の姿はなかった。だいぶ後になって老人は亡くなったのだと知ったが、その亡骸がどうなったのかも分からない。

カストラートのために忠実な猟犬を育成するアンスバッハ辺境伯家。これに違和感を抱きつつも家の意向に逆らえず、唯々諾々と全てを受け入れてきたヘブライヘル。

自由であれたのは貴族学院へ入学し、寮生活をしていた六年間。あれが唯一の自由な時間だった。義務と責務を果たしてさえいれば、誰もが等しく自由なフロンティア。貴族とて例外ではない。法整備がしっかりしているため、平民に無体を働く貴人はおらず、権力にモノを言わそうものなら後ろ指をさされる意識の高さ。

これこそが、あるべき人間の姿なのだと、ヘブライヘルは己の環境に疑問を持った。そして、そういった貴族の横暴が当たり前に罷り通る祖国カストラートを、酷く野蛮で悪辣な国に感じる。

子供達から反抗的な態度を感じたときに、父親や教師が口にする数々の言葉。

カストラートなら一本鞭で打たれる。火で炙られる。とうに除籍されているなど。

事あるごと教師らに言葉や乗馬鞭で打ち据えられながら、ここがフロンティアで良かったと、ヘブライヘルは心底感謝したものだ。

ほんの六年間。それも長期休暇は辺境領地に戻っていたので、実質四年ほどの自由ではあったが、ヘブライヘルにとって貴族学院での生活は何物にもかえがたい宝物だった。

そして、ふと思い出す。親しくしていた友を。

「元気にしておろうか。もう何年も会っておらぬな」

燃えるように赤い髪の友は、ここと真逆の辺境伯領地で騎士団長をしていると聞いた。懐かしい顔を思い出して、ゆうるりとヘブライヘルの口角が上がる。

どのみち成るようにしかなるまいよ。

祖国カストラートの勅命は金色の王の捕獲。これはバンフェル侯爵の思惑とも重なる。ある意味、彼からの書簡は好都合だった。

シリルが薬を盛り、自我を失わせた幼子を運ぶだけの簡単な仕事。

ただしそこで、アンスバッハ辺境伯家は失われる。捕らえた王女とともに、カストラートへ逃げ延びなくてはならない。

簡単ではあるが、家名をかけた最後の謀。

巡礼の帰りに王女はヘブライヘルの邸を訪れて一泊する。金色の王を手中に収めれば、魔物を従わせることも可能だろう。

曽祖父が婿入りしてから百年以上。ようやく本懐を遂げることが出来るというのに、ヘブライヘルの心は晴れなかった。

小人さんと謁見し、彼の心に穿たれた小さな楔《くさび》。それはヘブライヘルを長く縛りつけていた軛に深く突き刺さり、今にも圧し折ろうとしている。

ミシミシと音をたてて軋む軛に気づきもせず、ヘブライヘルは、生まれてこのかた一度も見たことのない祖国に、ただただ忠実であろうとしていた。

物心つく前より、心へ植え付けられた祖国への忠誠。呪いのように彼を蝕む父親の呪詛。

そのどれもが洗脳であり、虐待であったのだと彼が知るのは何時だろうか。

彼の父親も同じ道を辿ってきた。それが異常なのだとは思ってもいない。可愛い子供らを地下牢の兄弟のような目に合わせないためには、辛く厳しくあたることこそが愛情なのだと信じて疑わぬ歪んだ家系。

そんな一族の負の連鎖をヘブライヘルも受け継いでいた。彼もまた、息子らに異常な教育を施してきたのだ。

結果、鉄面皮で冷淡に育った息子らを誇らしく思う反面、痛ましく思う自分にヘブライヘルは驚く。

何故？　これで正しいはずだ。不適合者などと烙印されれば、否が応にも地下牢へ投げ込まれ人生が終わる。私は息子達を守ったはずだ。

長きに亘り管理、矯正されたヘブライヘルの思考は、真っ当な人間の持つモノではなかった。

恐怖と暴力による祖国カストラートへの忠誠。がっちりと軛をはめられた彼の心に迷いなどない。

……はずだった。

小人さんと謁見するまでは。

凜と佇み、神々を尊ばず、むしろまるで家族か友人のように語った幼女。

揺るがぬ絶対的なモノなど、死か懐妊くらいしかない。他のことならば、どうにでもなるのだ。

小人さんはそれを知っている。

そういった柔軟な思考をもたない辺境伯には、自由奔放で挑戦的な眼差しをした幼子が、得体の知れない化け物のように思えた。

しかし、眼が離せない。祖国の呪いでがんじがらめなヘブライヘルには、あまりに眩く、心惹かれる魅惑的な王女だった。

まぶたを閉じれば浮かぶ、自信に満ちた快活な笑顔。

己の心が揺れていることに気づきもせず、辺境伯は後日訪れるだろう王女を手中にするため、綿密な打ち合わせをシリル達と行う。

周辺国のざわめきを肌で感じたフロンティアは、少数の護衛で千尋を送り出した事を後悔していた。

数日後に水鏡の報せを受け取ったロメールが、早急に騎士団を編成して小人さんの後を追うのだが、一路、西の森を目指している小人さんに分かるはずもない。

西の森へ思いを馳せて、小人さんは辺境伯領地に入っていた。

小さな村を訪れ、素朴な歓迎を受ける小人さん。最後の森まで、あと二日である。

SS. 家族の肖像

「あれ？　父上？」

「おお、ウィルフェか。勉強はどうした？　また逃げてきたのか？」

王宮と後宮の境にある貴賓エリア。ここに今滞在するのは小人さんだ。たまにしか王宮へやってこない幼女のため、貴賓宮の一つが彼女の部屋になっている。

本来、遠方からの賓客をもてなすための宮だが、アルカディアの希薄な外交では滅多に余所様の来訪はない。

時々、辺境伯などの滞在場所として使われるが、上位貴族らは王都の貴族街に別邸を持つため結局ほとんど使われないエリアだった。

それを知った小人さんが、もったいないからアタシが使うと居座ってしまったのである。

国王としては、仮にも王女なのだから王宮内に部屋をと考えていた。しかし、そこで臣下らから苦言を受ける。

本来、洗礼前の殿下方は後宮から出さないモノだ。これは養女であっても変わらない。特別な理由がない限り、子供達は親の管理下に置かれる。

部屋を賜るなら王宮内ではなく、後宮内に王妃様の養女として与えるべきだと言う臣下の言に国王も頷かざるをえなかった。

そして、その折衷案としてロメールが提示したのが貴賓宮である。

ここなら王宮と後宮の間でどちらとも言えるし、基本、外を飛び回る小人さんを後宮に押し込む事は不可能だ。どちらからも訪れが出来る貴賓宮なら渡りに問題もないだろう。

そのようにロメールが説明をし、何時でも出ていける貴賓宮を気に入った小人さんが頷いてしまったため、今にいたる。

出ていける手軽さを気に入られても……。

胸中複雑な国王だが、全く寄り付かれなかった以前を思えば遥かに前進した気もするので無問題。

そんな父親と並んで歩き、ウィルフェは意気揚々と声をあげた。

「今日は辺境伯の謁見のため、チィヒーロが来ていると聞いたのです。勉強はちゃんと終わらせてから来ましたよ」

ここ大事とばかりに胸を張るウィルフェ。それを微笑ましく眺め、国王は軽く頷く。

彼はロメールから子供の仕事は勉強だとコンコンと諭されまくり、さらには小人さんにも、『働かざる者食うべからず』と、おやつ禁止を言い渡されたりとかで、骨身に凍みていた。

特におやつ禁止令は育ち盛りのウィルフェにとって死活問題である。今までのように水菓子や干し菓子なら、なんという事もない。惜しくはあっても我慢出来ないことはなかった。

しかし、今、王宮を席巻する甘味となれば話は変わる。

あの夢心地に蕩けそうな生菓子や、サクサクとした歯触りの各焼き菓子。特にウィルフェのお気に入りは冷たかったり温かかったりする甘味だ。

焼きリンゴやパンケーキ。クレープも外せない。王妃の御茶会では目の前でクレープが焼かれ、漂う香ばしい匂いに思わず喉を鳴らしたウィルフェ。

その時食べたフレンチトーストなるモノに、チィヒーロはアイスクリンとかいう冷たい甘味を乗せていた。ミルク風味の雪みたいな甘味。

夏に振る舞われた時にも衝撃的な味に驚いたウィルフェだったが、この寒い中、暖かい部屋で食する温かな食べ物に乗せるという発想に、彼は倍驚いた。

蜂蜜をかけたり、樹蜜とかいうシロップを考案したりと、小人さんの作る食べ物は贅沢も極まれり。樹蜜というのも最近出回るようになった甘味だ。

森の樹木の中には、そういった甘い樹液を蓄える木があるとか。これがまた癖もなく少し香りが強いシロップで、上流階級を中心に流行っている。

樹蜜に目をつけた商人や王宮の馬鹿野郎様どもが、なんとか利権に食い込もうと冒険者などに依頼をして採集に挑んだりとかしていたが、全て惨敗。

採取場所が森なので、誰もが欲するものの、おいそれと手が出せないのだ。

森には獰猛な野獣や魔獣が跋扈している。さらには、美味い樹液を森の生き物達も好むらしく、冒険者らが採集装置を設置しても、森の生き物に荒らされて結局採集は出来ない。

蜜蜂らが採集装置の見張りをしてくれる小人さんにしか樹蜜の獲得は不可能なのである。

部下達の無駄な足掻きを脳裏に浮かべ、国王は胡乱げに天井を見上げた。


ほんに規格外だが、おかげで美味い物にありつけるのだ。文句は言うまい。


「そうか。では行こう。ロメールに独り占めはさせんぞ」

「同感ですっ！」

むんっと歩き出すウィルフェ。

きちんと勉強を済ませてきたのも、小人さんやロメールからお小言を食らわないためだろう。父王よりも辛辣な叔父に足元を掬われるような真似は出来ないと子供心にも思わせる弟の悪辣さ。

兄としての矜持もあるのか、チィヒーロの前でお説教のフルコースは御免被ると背中で語るウィルフェ。

やや頼もしさの増した息子の後ろ姿に、国王は微かな満足感を得た。チィヒーロにつられてウィルフェもテオドールも、ミルティシアすらが成長している。


傍にある。それが大事なのだ。

目標とする、あるいは瞠目するような人物が近くにいる。そういった環境は人を著しく成長させる切っ掛けとなりやすい。破天荒な小人さんにつられ、皆が色々と考えるようになりフロンティアに新しい風が薫るようだった。

良い事である。

感慨深げに窓の外へ視線を振り、先ほどとは違う面持ちで国王は天を見上げる。

ありがとうございます、創世神様。わたくしに素晴らしい娘を授けてくれて。心から感謝いたします。

ふくふくと笑みを溢しつつ二人が向かったチィヒーロの宮では、すでに王妃とミルティシアがいて刺繍の話などに花を咲かせていた。

「あら、あなた」

「お父様、お兄様、いらっしゃいっ！」

我が物顔な二人を苦笑いで見つめるロメール。

「陛下らもおいでになるとは」

若干、うんざりした口調の王弟を一瞥し、国王とウィルフェは敵愾心剥き出して答えた。

「そなたが申すなっ！」

「そうですっ、チィヒーロの隣を空けてくださいっ、ズルいですっ!!」

賑やかな国王一家が揃い、微笑ましそうな笑顔を浮かべた侍女達が新たにお茶の用意をする。いつでも人々の中心には小人さん。

花に集まる蝶と言うか、ラフレシアに集まる昆虫と言うか、善いにつけ悪しきにつけ王宮の吸引剤となりつつある幼女。知らぬは本人ばかりなり。

何処からともなく集まった人々を見て、不思議そうに小首を傾げる小人さん。

暑苦しいばかりの愛情に溺れつつ、犬かきで泳ぐ彼女の王族ライフは、まだ始まったばかりである♪

SS. ある老骨の迷想

「ならん…。断じて許さん」

バンフェル侯爵は自室にこもると便箋を取り出した。重厚なマホガニーの机に並べられた多くの文献。その全ては神々や金色の王に関する資料である。

老人は厳めしい顔に苦渋を滲ませ、先日の議会を思い出していた。

冴えた炯眼をすがめ、遥か高みから嘲るかのようにほくそ笑んだ幼女。

相手が王族であるだけならば、侯爵にも発言力がある。フロンティアは善くも悪くも法治国家だ。王族と言えど独断や専横は許されていない。国王のみは勅命の独自裁量があるが、これも滅多に使って良いものではない。

だから議会において、バンフェル侯爵が負ける要因はなかった。身分を遵守する王宮内でバンフェル侯爵にモノを申せる人物は限られる。

神々に愛された祖国を侯爵は心から愛していた。これに異は唱えさせない。この考えはフロンティア貴族全てに当てはまる。だから、魔力の喪失を恐れての国全体を対象とした土壌改良など必要ないと思われていたのだ。

神々の寵愛に背く行為だと疑っておらず、それを通すということは神々の御心を疑い、貶めるモノだとしか感じられなかった。古い世代ほどその思考が強い。新しい世代にも徐々に浸透しつつあった。


通常ならば。


なのに、そこへグレイシオスの小倅が盛大に異を唱えたのだ。

その原因は一冊のノート。

それに記載されていたアレコレを裏付けし、他国から情報を集め、議会召集にまで持ち込んだ手腕は認めてやろう。だが許さぬ。主だった貴族らの前で打ちのめし、今後、しゃしゃり出て来られぬように完膚無きまで叩き潰す。

そう固く決意して議会に望んだバンフェル侯爵。

その思惑の半分は成功した。水掛け論だったが相手を完全に否定し、議会のムードはバンフェル侯爵に傾いていた。

魔力があり魔法が使えるフロンティアで、神々の威光を疑う者はいない。他国では廃れ、失われた力だ。その威光たるや半端なモノではない。誰もがバンフェル侯爵の言葉に理解を示す。

人間とは単純な生き物だ。他より優れたモノを持ち、その矜持を擽られれば図にも乗る。

今現在アルカディアにおいて、魔法を所持するフロンティアは羨望の的だった。どの国も首を長くして、そのおこぼれに預かろうと必死である。

数々の魔道具や、それを動かすための魔法石。なにより豊かな大地で育まれた多くの食料。各国の国交が希薄なアルカディアで、これだけの交易を結ぶ国は少ない。

フロンティアが諸外国の中でも一際優位に立てるのは、ひとえに神々の恩恵である魔力のおかげだ。これを否定する事は何者にも出来ない。させない。

そのはずだった。

なのに、国王の膝に座った幼女の一言で、その場が覆されたのだ。

「金色の王……っ」

ぐしゃりと便箋を握りしめ、バンフェル侯爵は絞り出すような声で苦し気に呻いた。

彼女は言った。

神々の恩恵は絶対ではないと。いつまで神々に甘えて守られているつもりなのかと。フロンティアという国を造り上げ、民の安寧を守るべき貴族が甘ったれるなと。

言外に含まれた鋭利なトゲの数々。

要約すると、とっとと一人立ちしろや、馬鹿野郎どもっ!!

研ぎ澄まされたかのように辛辣な光を眼に浮かべ、幼女は皮肉気に口角を上げて見せた。まるで駄々を捏ねる子供を叱るかのように彼女は議会の空気を支配し、バンフェル侯爵らを締め出して事を進めてしまった。

「あれが金色の王だとは……」

身分に対する配慮もなく、スパスパと保守派を切り捨て、まるでソコに無い物かのように扱われ、バンフェル侯爵は腹の奥を冷たく撫でられた気がする。

貴族としての矜持を。古参侯爵家の名誉すらをも踏みにじられた気が。ずくりと頭をもたげる凄まじい憎悪。

……許さんぞ。

下らねぇと、小人さんであれば鼻であしらう話だ。だから彼女には分からない。

由緒正しい貴族の身分に対する矜持。これが如何に恐ろしく妄執に囚われたモノかを幼女は知らなかった。

いや、知識としては知っている。しかし、実際にそれを振り回し暴れる輩が居るなどとは思わなかったのだ。

何故なら小人さんは王族である。身分で言えば貴族らを凌駕する地位だ。彼等の矜持が本物ならば、王族に連なる小人さんを害するなど有り得ないと思っていたのである。
だから、やりたい事言いたい事を貫き通してきた。
般若のごとき形相で筆を走らせるバンフェル侯爵。この時彼は、貴族としての矜持を保つために貴族としての誇りを捨てた。
いくらでも立たせる事が可能な矜持のために、失ったら御仕舞いの誇りを投げてしまったのだ。

王家を軽んじる。

如何なる理由があろうとも許されない大罪。
自分勝手で利己的な理由から、王族である小人さんを陥れる手紙をしたため、バンフェル侯爵は早馬を走らせる。

この失態に彼が気づき、憮然とした顔で力なく頽れるのは、しばらく先だった。

……合掌。

SS. ある神の葛藤

《……まだ生きている》

アルカディアに賭けを持ちかけた神レギオンは、切なげな面持ちで自分の世界を見つめていた。

閑散と乾いた大地。海も青白く濁り微生物にいたるまで死滅し、新たな生き物が生まれる気配はまるでない。広大な地表にはいたる処に文明の残骸が転がり、ここがかつては我が世を謳歌した都市だったのだと見る者が見れば分かる程度。

まるで幽鬼の遺骨が散乱する墓場のような有り様の彼の世界。

吹き荒ぶ風に含まれるのは大量の毒素。容赦なく渦を巻いた風に呑み込まれようものならば、大抵の生き物は即死するだろう。そんな凄惨な世界を眺めつつ、少年神は苦し気な顔で己の胸を摑んだ。

悪鬼という意味を持つ彼の名前どおり、この世界は緑が深く、弱肉強食の蔓延る強靭な世界だった。それに倣い、生まれた人類も強く賢く、知恵と腕力で野生を生き抜き、優れた文明で人生を楽

しんでいた。

数ある世界でも稀有な科学文明を誇り、魔法の理はないもののそれを凌駕するあらゆる技術が発展し、一点の曇りもない繁栄に満ちていた少年神の世界ヘイズレープ。

だが、彼の世界はボタンを掛け違えた。

些細な疑惑から疑心暗鬼が世界中に広まり、死なば諸ともと御互いを殲滅する大戦が起きたのだ。

報復による報復で、目映い閃光が星を被い、それによる焰が大地を余すことなく舐め回して、命という命を悉く摘み取る。

世界大戦。科学技術の極みきったヘイズレープの戦いは、ほんの一瞬で世界を滅ぼした。

だが心ある者は何処にでもいる。

大戦を厭い、危機を察知した権力者達によって建造された最新のシェルター。自給自足を可能とする最新鋭の設備に埋め尽くされたシェルターは、ヘイズレープの叡知を詰め込んだ見事なモノで避難した人々を守り切った。

それに避難していた極僅かな人間のみが生き残り、無惨な終末を迎えたヘイズレープの片隅で細々と生きている。

ほんの数千人。

これが少年神レギオンに残された最後の我が子だった。

《待っておれ。絶対に、そなたらを救ってみせよう》

アルカディアとの賭けに勝てばレギオンは大量の生命エネルギーを手に入れられる。それだけの生気があれば、海を浄化し、大地に染み込んだ毒を分解出来よう。
あとは残されたヘイズレープの人々の努力しだいだが、再び人類の繁栄が期待出来る。
……だから、負けられない。絶対に賭けに勝って、ヘイズレープの我が子らを救うのだ。
下界を見下ろしながら、レギオンは陰惨に眼をすがめる。

ここに、それぞれ負けられない二つの世界が滅びの天秤へかけられた。

破滅の審判はどちらに傾ぐのか。

……今は誰にも分からない。

SS. 今日のドルフェン

「……短命種か」

ジョルジェ男爵邸の警備につきながら、ドルフェンは物憂げに空を見上げた。振り仰ぐ大空は雲一つなく澄み渡り、所々に元気な蜜蜂が飛び回っている。

朗らかな気候に反してドルフェンの心は重い。眼を閉じれば浮かぶコーラルピンクの淡い髪。獣人だろうと関係ない。真っ直ぐで物怖じしないサーシャを彼は好ましく思っていた。やや吊り気味で勝ち気な眼。ぽてりと小さく少し厚い唇。それを尖らせて膨れる時など、とても可愛らしく、ついついちょっかいをかけてしまうドルフェンだ。

千尋と仲睦まじいメイドは、まるで姉妹のように暮らしている。その温かな風景が眼に沁みて、これを護りたいと切に彼は願っていた。

その親心みたいな目線に、潤み悩ましい心情が混じるようになったのはいつだったろうか。

意見の違いや御互いの立場から喧々囂々とやり合い、肩を怒らせて叫ぶ日々。

何処からどう見ても良好な関係とは思われないだろう。しかし言いたいことを言い合える良い関係なのだとドルフェンは思っている。

その証拠に、捲し立てたあとは両人ケロっとしたもの。御詫びか、気まずいのか、ドルフェンの好きな甘味を用意して御茶に誘うサーシャが彼は殊の他好きだった。


二人きりの御茶会。


自分の胸に燻る気持ちをドルフェンはサーシャに伝える。だが、サーシャは胡乱げな眼差しでドルフェンを見るばかり。時々吐かれる小さい嘆息が、その興味の無さを物語っていた。

彼女は獣人だし、身分に食指も動くまい。他にアピール出来るモノをドルフェンは持っていない。

彼はそう思っていた。

なにか気の利いたことでも言えたら良いのだが。

己の不甲斐なさを心の中で毒づきつつ、淡々と過ぎていく日々。

「……けど。まあ、そうもなろうな」

獣人は奴隷種族だ。動物の特性を持ち、強靭な体軀が特徴だが、反面短い寿命を運命づけられていた。

フロンティアでも獣人に対する見解は同じで、他国のように蔑んだり虐待したりはないが、人間とは見ていない。生き物を大切にする御国柄ゆえ尊重しているだけで、その意識は家畜を眺めるのと同様だ。

だから恋愛感情はもちろん、婚姻など思いもよらず、ドルフェンの抱く恋心を知れば、誰もが眉をひそめることだろう。

しかし、ドルフェンにはどうでも良いことである。恋は理屈ではないのだ。彼は獣人に惚れたわけではなく、サーシャ個人に惚れたのだから。好きになった人物が、たまたま獣人だっただけなのだ。

彼等の平均寿命は五十歳前後。女系で男児が生まれにくいとあり、獣同様、情に厚い種族とドルフェンは聞いている。

生粋の貴族で家名が人生の中心な侯爵家は親子の情に乏しい。そんな侯爵令息の彼には、眩しすぎるくらい魅力的な話だ。ジョルジェ男爵家の仲睦まじさが羨ましくて仕方ないドルフェン。

だが彼女は短命種。子供をもうけても、必ずドルフェンより先に逝く。金色の魔力に満たされたフロンティアの平均寿命は百十歳前後。これはアルカディアの平均寿命七十前後を遥かに上回るのだ。

人生半ばで最愛の家族を見送らねばならない選択を、ドルフェンは選びあぐねていた。

「……たとえ僅かでも共にあれれば？　いや……、しかし、子供らに置いていかれるのは……」

一人寂しく遺される未来に、自分は耐えられるだろうか。孫や曽孫に囲まれていたとしても、その孫らすらドルフェンより先に逝く可能性がある。

身近な愛する者達を次々と見送るだけの人生など誰も望まないだろう。

女性に関心が薄く、縁のなかったドルフェン。下心満載な御令嬢達しか見てこなかった彼は、色仕掛け的に狡猾な女性らに食傷気味だった。

そんな彼の眼に飛び込んできた快活な女性。身分に怯むこともなく、思うことを口にするサーシャ。小人さん関係の苦言が多いことにも好感が持てる。

彼女は本当にチヒロ様が大事なのだなと、ついつい眦《まなじり》の緩むドルフェン。

同じく金色の王命な彼は、サーシャと意気投合し、がなり合いながらも気のおけない友人のように睦まじくなりつつある。

こんな女性には、この先二度と逢えまい。……人生、ままならないモノだな。

王宮では懊悩煩悶するドルフェンの姿がそこかしこで見かけられるようになり、人々は首を傾げていた。

筆頭侯爵家の令息で王家の覚えもめでたく、本人も高い魔力を持つ騎士団筆頭。周りから見れば順風満帆なはずな彼の悩ましげな後ろ姿に、疑問を持つ者は少なくない。

……ほんの数人をのぞいて。

「自覚あっても突っ走れないよね。相手が獣人じゃあ」
「あの脳筋騎士様がねぇ。ま、この機会に、さらに自覚してもらいましょ。サーシャのありがたみを」

悄然と空を見上げるドルフェンを遠目に、ロメールと千尋は悪い顔を見合せあった。
かなり後になって、獣人の短命種説が平均寿命マジックによる誤解だった事が判明し、懸念の払拭されたドルフェンが、有無を言わさずサーシャを何処かへ引きずっていくのを目撃されるが、それも御愛嬌♪

優しい人々にはハッピーエンドしか用意されていないフロンティアに乾杯♪

あとがき

三度のあとがき、感無量のワニでございます。それもこれも御求め下さった読者様と、懇切丁寧に、にわか作家なワニを導いてくれた出版社様のおかげ。南無南無。

今巻で多くの謎が判明しました。なぜに多くの日本人が転移してきていたのか。なぜに千尋だけが転生だったのか。アルカディアを滅亡させようとするヘイズレープの少年神と、それに抗おうとする双神。そして助太刀する地球の創造神。

彼等の目指すモノを知るわけでもないのに、野生の本能であるべき形へ爆走する幼女様。それに引きずられてわちゃわちゃする周りの人々。

神と人間の悲喜交々が織り成す、水面下のレクエイム。

厳かな調べに送られる世界はどちらになるのか。絶体絶命なアルカディア。

悲壮感満載な現実を盛大な茶番に変えるため、小人さんは土煙をたてて駆け抜けます。

多くの人々の思惑が絡んで、にっちもさっちも行かなくなったり、それを蹴倒して推し進んだり。

正直、ここまで破天荒な娘になるとは思っていなかったワニです。

不思議なもので、ワニは物語を考えたことがないんですよ。

なんというか、こう、頭の中で勝手にストーリーが始まり、それを文字に起しているだけなんですね。チャンネルが切り替わるというか、色んな物語が脳内に浮かびます。

なので思い立ったら書いてしまう悪癖があり、なろうやカクヨムに未完の連載がいくつもあります。物語のチャンネルは意識的に切り替えることも出来るのですが、中には強引にチャンネルを切り替える強者主人公もいて、小人さんがソレでした。

他を書いているところにピョコっと顔を出し、すちゃらかな盆踊りを披露する。

ああ、もうっ！　分かったよ、書けば良いんだろ、書けばっ!!

……と、そちらに誘引され、書かされたワニがいます。うん。

おかげで、たった一年ほどで完結した小人さんシリーズです。

多くの人に楽しんでいただけているようで、ヤシの木の上でにまにまと笑うワニがいます。

残すは最終巻のみ。

神々の織り成した複雑なタペストリーの綻びを繕いまくり、画竜点睛を欠かぬ見事な一枚絵に仕上げようと無意識に爆走する小人さんの勇姿。最後まで御笑覧あれ♪

それでは、また次の巻で。既読、ありがとう存じます。

二千二十三年　初夏　脱稿。　美袋和仁。

王族の方々のお名前を何度確認しても覚えきれない私です

記憶力がアリ並でほんと…… いやまってアリさんに失礼では

ミツバチはこちらから何かしなければ特に攻撃してくる事もないので

もちろんですが、蚊もあんまり刺されてもかゆくならんので見逃してしまいます

しかしムカデはダメだ　アイツは何もせんでも静かに攻撃してくるし

めちゃくちゃイテェのだ!!!　ムカデは見かけしだいヤル!!!

先手必勝!!!!　足音すら憎い!!!!

夏は危険がいっぱいよ!!

小人さん③巻だわーい!!
Thanks!!
2023
!

SQEXノベル

あなたのお城の小人さん
～御飯下さい、働きますっ～　3

著者
美袋和仁
イラストレーター
ｎ猫R

2023年７月６日　初版発行
2024年10月29日　2刷発行

発行人
松浦克義
発行所
株式会社スクウェア・エニックス
〒160−8430
東京都新宿区新宿6−27−30　新宿イーストサイドスクエア
（お問い合わせ）スクウェア・エニックス　サポートセンター
https://sqex.to/PUB

印刷所
中央精版印刷株式会社

担当編集
大友摩希子

装幀
おおの蛍（ムシカゴグラフィクス）

この作品はフィクションです。
実在の人物・団体・事件などには、いっさい関係ありません。

ISBN978-4-7575-8654-3　C0093
Printed in Japan